# Vorwort

Liebe Leserin, lieber Leser,

Sie wundern sich vielleicht über ein Vorwort an dieser Stelle. Aber zu unserem Schreibprojekt möchten wir Ihnen einige Dinge mitteilen. Die zweiundvierzig Geschichten, die Sie heute genießen können, sind in einem sogenannten Schreibmarathon entstanden. Ihr Untertitel heißt: Schreiben auf Ansage. In Zeiten von Corona war eine Motivation dringend nötig. Es entstand ein Schreib-Marathon, bei dem wir uns über einen längeren Zeitraum verabredeten und jeder zweiundvierzig Kurzgeschichten verfasste. Das besonders Spannende daran war, dass wir uns wöchentlich telefonisch einen beliebigen Oberbegriff und dazu spontan einen passenden Unterbegriff nannten. Nach diesem jeweiligen Unterbegriff entstand dann eine Geschichte. Wie man sich denken kann, sind die Kurzgeschichten sehr unterschiedlich und doch lassen sich alle dem jeweils gleichen Thema zuordnen. Aus diesen vierundachtzig Geschichten wählten wir je einundzwanzig aus, die wir Ihnen in diesem Buch vorstellen.

Die Themen der Kurzgeschichten sind sehr breit angelegt: Sie handeln von spektakulären Kriminalfällen, romantischen Liebesgeschichten oder auch teils ironischen Fantasiewelten an ganz unterschiedlichen Orten.

Wir wünschen Ihnen viel Vergnügen beim Lesen!
Dietmar Herzog und Adi Hübel

Das Schreibprojekt wurde gefördert von:

Die Beauftragte der Bundesregierung
für Kultur und Medien

# Inhalt

# Schneebälle

Die Einkaufsliste war eng beschrieben und doch übersichtlich. Aber das kannte er nicht anders. An oberster Stelle stand Bertolli-Natives-Olivenöl, kaltgepresst und als letztes Schneebälle (Heinrich). Seine Frau war Weltmeisterin im Aufschreiben von Einkaufslisten. Er bewunderte sie darum. Vielleicht hing das mit ihrem Beruf zusammen oder mit ihrer Fähigkeit, sehr klein und doch leserlich schreiben zu können.

Bertolli-Natives-Olivenöl, kaltgepresst, klare Brühe von Tello, 500 ml, Knorr-Salat-Krönung, Fünfer-Pack, zwei Auberginen, möglichst fest, zehn Karotten und eine Sellerieknolle, Rispentomaten, einheimischer Salat (Lollo Rosso, Endivien, Eisberg), 500 Gramm Heidelbeeren, eine Dose Ananas, ungezuckert, vier Boskop-Äpfel, (Bratäpfel), zwei Flaschen Orangensaft, kein Konzentrat, eine Flasche Glühwein, Biosiegel, Kräutertee, Biosiegel, Honig im Glas, Wildblüten, Seitenwürstchen, Pute, Rinderhack, Biosiegel Klasse Vier, zwei Rindersteks, mager, Pizza-Fleischkäse. Dieser letzte Eintrag war von ihm. Das erkannte man sofort an der krakligen Schrift.

Dann kam eine Leerzeile auf dem Einkaufzettel. Darunter setzte sich die Aufzählung durch die Käseabteilung, die Abteilung mit dem Gefrorenen, bis zu seiner Lieblingsabteilung, den Milchprodukten, fort: Stracciatella-Eis, 500 Milliliter. Darunter ein dünner, horizontaler Strich und der letzte Eintrag: Schneebälle (Heinrich).

„Schneebälle? Der Einkaufszettel war ein Kunstwerk, gewiss. Aber auch ein Kunstwerk darf doch nicht solche offensichtlichen Ungereimtheiten aufweisen! Schneebälle, woher und wozu soll er Schneebälle besorgen?", murmelte er. „Wie auch immer, Künstler sind oft nicht zu verstehen und es soll vorkommen, dass sie absichtlich Fehler und Irritationen einbauen, um den Betrachter zu provozieren", überlegte er. „Das hatte er bei der letzten Führung im Museum für Modere Kunst erfahren. Seis drum, sie wird schon wissen, warum sie Schneebälle aufgeschrieben hat! Aber dann auch noch Bälle, also mehrere? Wieviel eigentlich? Normalerweise schreibt sie die Anzahl der Produkte mit auf den Zettel, damit beim Einkaufen nichts schief geht. Er könnte sie anrufen, aber gewiss hat sie ihr Telefon auf ihren Anrufbeantworter umgestellt. Das machen alle so beim Finanzamt und ihr Handy ist sicherlich auch nicht angeschaltet." Ihm wurde klar, er muss improvisieren. Eigentlich war das nicht sein Ding, doch in diesem Fall muss er einfach schätzen, wie viele Schneebälle sie brauchen könnte. „Zwei hören sich irgendwie wenig an, zwanzig eher viel", überlegte er weiter. „Zehn, ja Zehn wäre ein Kompromiss. Da kann man nicht viel falschmachen."

Es war der vorletzte Tag vor Heilig Abend. Eine halbe Stunde musste er an der Kasse anstehen. Während des Wartens sann er immer wieder darüber nach, was seine Frau mit den Schneebällen in der Küche zaubern wollte. Er kam nicht dahinter.

Ein gestresstes „135 Euro und 35 Cent, zahlen Sie bar oder mit Karte", riss ihn schließlich aus seinen Überlegungen. Er verstaute die Ware in zwei große Taschen, bezahlte, prüfte flüchtig den Kassenzettel und fuhr in die Richtung eines nahegelegenen Wäldchens.

Er kannte die Gegend gut und fand eine geeignete Stelle, um seinen Wagen abzustellen. In aller Ruhe formte er zehn möglichst gleichgroße Schneebälle und quetschte sie zu harten Kugeln. Jetzt war Eile geboten! Er konnte nicht riskieren, dass die Schneebälle im beheizten Fahrzeug schmelzen würden. Zügig fuhr er die wenigen Kilometer nach Hause und legte die Schneebälle vorsichtig in die Gefriertruhe. Dann erst verstaute er die gekauften Lebensmittel im Kühlschrank und fuhr müde den Wagen in die Garage.

„Jetzt ist es Zeit für einen guten Kaffee und die Tageszeitung", dachte er in Vorfreude auf einen gemütlichen Nachmittag. Kurze Zeit später hörte er, wie jemand die Haustür aufschloss.

„Hallo Schatz, ich bin's", rief eine freundliche Frauenstimme. „Ich habe heute etwas früher Feierabend gemacht und war noch kurz beim Bäcker. Hast du alles gekriegt?"

Etwas gequält, vielleicht weil er lieber seine Kaffeepause schweigend genossen hätte, antwortete er: „Hallo Schatz, schön dass du schon da bist. Ich habe alles erledigt."

Als seine Frau das Wohnzimmer betreten hatte, küsste sie ihn flüchtig und blieb wie angewurzelt vor dem Esszimmertisch stehen. „Oh, hast du sie nicht bekommen? Waren sie schon ausverkauft?"

„Was war ausverkauft?", fragte er unsicher.

„Na die Schneebälle! Ich hatte sie doch auf den Einkaufszettel geschrieben."

„Aber nein, ich habe alles erledigt", erwiderte er.

„Wo hast du sie dann hingestellt?"

„Hingestellt? Du meinst hingelegt. Du hättest wenigstens dazuschreiben können, wie viele ich mitbringen soll. Ich war da leicht verunsichert", beklagte er sich.

„Ob hingestellt oder hingelegt, das ist mir egal. Wo sind sie?"

„In der Gefriertruhe, wo sonst", entgegnete er etwas gereizt.

Die Frau bekam große Augen, schnappte nach Luft und baute sich vor ihm auf: „Mein lieber Gatte, spinnst du jetzt völlig? Bist du jetzt ganz übergeschnappt?" Beschämt schaute er an ihr hoch. „Sag mir, was hast du dir dabei gedacht?", fragte sie unbeirrt weiter. „Schneebälle gehören doch ins Gefrierfach, sonst schmelzen die doch", betonte er gelassen.

„Ins Gefrierfach, Blumen ins Gefrierfach? Die brauchen Wasser und sonst gar nichts".

„Wieso Blumen?", fragte er zurück. Langsam wurde ihm klar, dass da irgendetwas nicht stimmen konnte. „Wieso Blumen?", wiederholte er die Frage. „Schneebälle sind auch Blumen? Ich dachte Schneebälle sind Schneebälle und nichts weiter!"

„Du Esel!" Jetzt durchschaute sie das ganze Missverständnis. Sie konnte es nicht fassen. Ihr Mann hatte Schneebälle gekauft, Schneebälle aus Schnee und Eis, obwohl sie Heinrich in Klammer dahinter geschrieben hatte. Er müsste doch wissen, dass Heinrich ein Blumengeschäft ist. Er war doch schon hundert Mal dort gewesen.

„Du Esel", wiederholte sie leise. „Schneebälle sind auch Blumen. Eigentlich sind das keine einzelnen Blumen, eher ein Strauch mit kleinen weißen, duftenden Blüten. Du kennst sie! Es ist ein Ziergehölz, das eher einem Busch ähnelt."

Die enttäuschte Ehefrau holte tief Luft: „Wir hatten sie an jedem Weihnachten hier in der großen Vase stehen. Jedes Weihnachten. Seit wir verheiratet sind. So unaufmerksam bist du."

## Ein guter Kauf

Eilig zur Arbeit. Ziemlich spät heute. Im Nebenhaus tobt schon der Bär. Natürlich, die haben doch Ferien, die kleinen Äffchen. Es schneit noch immer. Nein, einen Schirm nehme ich nicht. Ich lege ihn zusammen und versenke ihn vor der Türe in meine große Tasche. Hastig zerre ich die Kapuze über den Kopf.

Der große Junge von nebenan zieht seine kleine Schwester auf dem Schlitten den Bürgersteig entlang. Scheint schon gut zu laufen. Ich muss mich beeilen, wenn ich den Bus noch erreichen will. Da versperrt mir der kleine Junge den Weg. Was macht der da? Sitzt im Schneegestöber auf einem Hocker und hat ein Tischchen vor sich aufgebaut. Was hat er da liegen? Im Vorbeihasten stoße ich ein kurzes: „Morgen." hervor. Ich hoffe, er ist nicht gekränkt. Wir beide verstehen uns eigentlich ganz gut. Aber ich bin heute so knapp dran.

Er ruft mir etwas nach, das ich nicht verstehe. Schneebälle glaube ich zu entschlüsseln und etwas wie entlaufen oder verlaufen oder verkaufen. Der Bus kommt schon angefahren. Ich höre auf zu grübeln, steige hastig ein und beschäftige mich mit meinen Unterlagen.

Mittagszeit. Nachmittags ist Homeoffice angesagt. Im Bus fällt mir unser Nachbarjunge ein. Was machte er da am Morgen, in der Schneekälte, an seinem Tischchen?

Die Sonne hat sich inzwischen herausgewagt. Schön, wie Bäume und Sträucher glitzern und schimmern. Ich nehme die Abkürzung. Die Wiesen scheinen endlos im Weiß zu verharren. Der Schnee auf meinem Fußweg ist wunderbar festgetreten.

Schon von weitem sehe ich ihn sitzen, den Jakob. Sitzt der immer noch da? Als ich näherkomme, blickt er mir erwartungsvoll entgegen. „Was machst du da?" Jetzt habe ich Zeit und bleibe bei ihm stehen.

„Ich verkaufe Schneebälle", sagt er eifrig und zeigt auf eine Reihe weißer Kugeln, aufgereiht auf seinem Tischchen. „Kaufen Sie einen?"

Ich bin baff vor so viel Geschäftstüchtigkeit, aber auch vor so viel Ignoranz den Witterungsverhältnissen gegenüber.

„Nein", rutscht es mir unwillkürlich heraus, „warum sollte ich bei so viel Schnee Schneebälle kaufen? Da kann ich mir doch selbst welche machen, wenn ich welche brauche."

„Ja, aber die hier sind schon fertig", gibt er mir eifrig Bescheid. Auch dieses Argument lockt mich nicht und ich verziehe mich an meinen Mittagstisch.

Doch es lässt mich nicht los. Habe ich ihn jetzt etwa enttäuscht? Ich muss lächeln, wenn ich an diesen Jungen denke, der mit dem Überfluss Geschäfte machen will. Du wirst es noch weit bringen, Jakob, denke ich, grabe mein Portemonnaie aus der Tasche und schlüpfe in die Stiefel.

„Du hast mich überzeugt", sage ich zu meinem kleinen Verkäufer, der inzwischen ziemlich blaugefroren aussieht. „Ich nehme alle".

„Alle?", fragt er freudig überrascht.

„Ja, alle".

„Ich hole einen Karton", ruft er und ist schon in der Garage verschwunden. Jakob macht mir einen Sonderpreis: ein Euro für zehn Schneebälle. Stolz trage ich meinen Einkauf hinüber und reihe die Kugeln außen auf dem Fensterbrett auf. So kann ich sie noch einige Tage von meinem Schreibtisch aus sehen:

Zehn runde, gleich große, wunderschön gestaltete Schneebälle. Ein guter Kauf!

# Sonntagnachmittag

Ulrich Haupt ist ein Nerd. Das sagen seine wenigen Bekannten und die meinen das nicht unbedingt abwertend. Er ist eben ein sehr intelligenter Computerfan, aber sozial etwas isoliert. Er ist nicht hässlich, besitzt normal ausgeprägte Umgangsformen und hat ein freundliches Gemüt. Seine Arbeitskollegen schätzen ihn für seine Hilfsbereitschaft und seine Kollegialität. Und die Damenwelt? Auch die mag ihn. Es ist seine Gleichmütigkeit, Gelassenheit und letztlich seine Geduld, die die wenigen Frauen um ihn herum wertschätzen.

Dieser Sonntagnachmittag soll für den etwas schüchternen Ulrich ein besonderer Tag werden. Er wird alles dafür tun, dass es ein erfolgreicher, vielleicht sogar ein folgenreicher Tag für ihn werden wird. Heute kommt seine Arbeitskollegin Uschi zu Besuch – das erste Mal. Ulrich muss sich auf dieses Treffen vorbereiten. Nichts darf er dem Zufall überlassen und keinen Aufwand scheuen. Daher entscheidet er sich, ganz gegen seinen üblichen Rhythmus, an diesem Sonntag eine besonders ausgiebige Körperpflege vorzunehmen.

Badewasser einlassen, nicht zu kalt und nicht zu heiß, währenddessen rasieren, vorsichtig in die Badewanne steigen, er ist schließlich nicht mehr der Jüngste, kurz einweichen lassen, das hatte ihm seine Großmutter einstudiert, gründlich einseifen, von Kopf bis Fuß, Haare waschen, zweimal mit einem speziellen Haarwaschmittel gegen Schuppen, einwirken lassen, dann den ganzen Körper im Stehen abspülen, aus der Wanne steigen, gründlich abtrocknen, ordentlich föhnen, damit es keine Erkältung gibt, eincremen mit einer duftenden Körperlotion, den ganzen Körper, Wasser ablassen, Wanne putzen. Anschließend alles trockenreiben. Nicht das Zähneputzen vergessen, denn wenn man aus dem Mund riecht, kriegt man nie eine Frau, hatte ihm seine Mutter immer wieder gesagt. Erst dann in die frisch gebügelten Klamotten springen. Ja, springen, denn das komplette Reinigungsprogramm muss er in einer Stunde erledigt haben, denn in einer Stunde kommt Uschi zu Besuch. Sollte noch Zeit sein, könnte er sogar noch weitergehen und sich die Zehen- und Fingernägel scheiden. Aber nur dann, wenn noch Zeit ist, denn er muss noch die beiden Pizzen in den Ofen schieben und den Rotwein entkorken.

Jetzt sind es nur noch 58 Minuten bis Uschi klingeln würde. Konzentriert geht der Sonderling noch einmal die einzelnen Punkte durch. Keiner darf vergessen werden und die Reihenfolge muss unbedingt stimmen. Immer wieder spricht Ulrich laut die Aufgaben vor sich hin, da er intuitiv spürt, dass irgendetwas fehlt. Es dauert eine Zeit lang bis er das fehlende Puzzleteil findet: Haare kämmen! Das ist ganz wichtig, denn sonst wäre alle Mühe umsonst.

Es läuft alles wie am Schnürchen. Das Pflegebad mit allem was dazu gehört kann er in der vorgegebenen Zeit beenden. Auch die anschließende Körperpflege verläuft ohne besondere Zwischenfälle. Das Anziehen seiner sorgsam ausgewählten Kleidung gelingt ebenfalls. Dann ist noch etwas Zeit übrig und er ringt sich durch seine Nägel zu schneiden. Ulrich muss dabei Prioritäten setzten und entscheidet sich nur für die Fingernägel, denn sie sind für Uschi sofort sichtbar. Nach Abschluss dieser Pflegearbeiten schiebt er die Pizzen in den vorgeheizten Backofen und entkorkt den Rotwein.

Fertig und noch vier Minuten Zeit. Nein, doch nicht! Ulrich Haupt erinnert sich besorgt an den letzten zu erledigenden Punkt, das Haare kämmen. Seine Frisur kann man nur als sehr spärlich bezeichnen. Er hat nur noch drei, ja genau, nur noch drei Haare auf dem Kopf. Sie zu pflegen ist eigentlich keine große Sache, aber eine sehr diffizile. Er achtet sehr genau darauf, dass ihm diese äußerst reduzierte Haarpracht nicht auch noch verloren geht und kämmt seine Frisur, wenn man das so nennen will, zu einem Scheitel auf der linken Seite. Also, ein Haar links und zwei Haare rechts der Schädelmitte.

Er ist jetzt fertig und hat noch zwei Minuten Zeit. Plötzlich passiert es dann doch: Ihm geht ein Haar aus. Was für eine Katastrophe! Fahrig und etwas zappelig überlegt er, wie er die Situation retten kann und entscheidet sich für einen Mittelscheitel. Ein Haar nach links und eines nach rechts.

Fertig und immer noch eine Minute Zeit. Es klingelt. Ulrich geht mit unsicheren Schritten zur Haustür und drückt auf den Türöffner, als die nächste Katastrophe ihren Lauf nimmt: Ein weiteres Haar löst sich von seinem Kopf. Nun ist keine Zeit mehr. Seine Kollegin Uschi muss jeden Moment vor ihm stehen und so verstrubelt will er Uschi nicht begegnen. Dann wäre alles verloren. Er fährt sich mehrfach wild über seinen Kopf und rubbelt heftig über seine Kopfhaut. Das letzte Haar will einfach nicht ausfallen! Dann in aller letzter Sekunde, Uschi biegt schon im Hausflur um die Ecke, reißt er gezielt an seinem letzten Haar – und ist glatzköpfig.

Dann steht die junge Frau vor ihm. Klein, untersetzt, pausbäckig. Ihre langen, blonden Locken verdecken ihre stattliche Oberweite. Das hellblaue Sommerkleid schmücken lauter aufgedruckte Minions und ihre Füße stecken in grünen Wollsocken und Birkenstocksandalen. Kichernd strahlt sie Ulrich an und streckt ihm einen bunten Blumenstrauß entgegen. Sie kann ihre Überraschung über seinen Kahlkopf kaum verbergen. Nach dem zweiten Glas Wein kommen die beiden sich näher und Uschi gesteht Ulrich, dass sie auf glatzköpfige Männer steht. Sie wirkten so männlich, fast animalisch auf sie. Kojak oder Yul Brunner sind solche Männer, bei denen sie regelmäßig in Ohnmacht fällt, sagt sie.

# Niemand

Ich kenne ihn nicht, aber ich weiß sehr wohl, dass es ihn gibt. Nein, nein, wenn ich etwas noch nicht gesehen habe, von Angesicht zu Angesicht, so heißt dies nicht, dass es nicht existiert. In dieser Hinsicht bin ich großzügig und lasse viele gedankliche Möglichkeiten zu. Der erwähnte Artikel ist nur willkürlich gewählt. Mein unsichtbares Etwas ist ein Zwerg, muss ein Zwerg sein oder eine Elfe vielleicht. Jedenfalls winzig klein. Davon bin ich fest überzeugt. Von einem Etwas spreche ich deshalb, weil ich seine Zugehörigkeit zu einem Geschlecht oder einer Gattung nicht feststellen konnte. Doch dieses Manko ist weniger wichtig.

Wichtig ist, dass der Zwerg, so sage ich jetzt einfach mal, existiert. Leider. Ich erkenne ihn an seinen Taten. Sein Lieblingsort in unserer Wohnung ist das Bad. Hier scheint er, oder auch sie, sich sehr wohl zu fühlen.

Gestern hat er, nehmen wir ihn ab hier einfach männlich, in diesem Raum wieder einmal sein Unwesen getrieben. Als ich das Badezimmer betrat, bemerkte ich es sofort. Deshalb tat ich das, was ich immer mal wieder tue, wenn noch jemand im Haus ist, ich befragte die noch Anwesenden, ob sie mir über das Chaos im Bad Auskunft geben könnten. Wie erwartet, waren die drei Befragten, Mann, Tochter und Sohn keinesfalls die Übeltäter. Sie hatten alle drei den Raum nach ihrer Körperpflege so verlassen, wie sie ihn angetroffen hatten. Die Socken in der Ecke waren nicht von Ralf, die Schlafanzughose auch nicht, das nasse Badehandtuch auf dem Boden nicht von Eva und mein Mann verwahrte sich dagegen, dass er seine Hemden auf dem Wäschekorb deponiert hätte, anstatt sie hineinzuwerfen. „Aha! Also war es niemand", rief ich meinen nächsten Familienangehörigen zu, die in Eile ihre Frühstückstüten packten. „Wieder einmal niemand!" Sie nickten, winkten mir zum Abschied und lächelten mir beruhigend zu.

Nachdem die Eingangstüre hinter den dreien ins Schloss gefallen war, drehte ich mich um und besah mir noch einmal das Chaos. Niemand also, wieder einmal niemand, dachte ich erbittert. Das gab mir sehr zu denken. Weshalb verweigerte dieser Zwerg mir seine Ansicht? Weshalb nur mir? Tatsächlich blieb mir nicht viel Zeit, um meine tägliche Pflege durchzuführen. Ich musste mich beeilen. Einige Dinge standen mir auch noch zur Verfügung, wie zum Beispiel heißes Wasser, mein persönlicher Waschhandschuh und auch ein Badetuch war noch vorhanden. Dieses allerdings schien schon etwas feucht zu sein, als ich es aus der Badewanne griff. Da war Niemand schon zugange gewesen. Ach, was soll's, dachte ich mir.

Dann jedoch kam der Höhepunkt. Schon etwas misstrauisch war ich in die Dusche gestiegen. Ein Genuss, diese feuchte Wärme! Dann der Griff nach der Flasche mit dem Haarwaschmittel. Nein, das durfte nicht wahr sein! Leer, einfach vollständig leer! Ich schleuderte das Ding in die Ecke und brüllte nacheinander alle Namen meiner Familie wütend in den feuchten Kosmos der Duschkabine. Aber, wen wundert es, es war niemand da.

Wäre dieser Niemand dagewesen, es hätte einen deftigen Rüffel gegeben. So trocknete ich mein Haar, ohne es gewaschen zu haben.

Oh, dieser Zwerg, dachte ich, dieser Niemand, der sogar Haarwaschmittel säuft!

# Allein für sich

„Herr Olek, sie machen das schon." Mit diesen Worten verabschiedete der Kulturleiter den jungen Musikkritiker Karl Olek. Es war seine Chance, sein erster Auftrag. Er hatte lange darauf warten müssen, das angesehene städtische Streicherkonzert besuchen und eine fachkundige Kritik verfassen zu dürfen.

Vier Violoncelli und zwei Kontrabässe lehnten an dünnen, metallenen Ständern auf der Bühne. Die verschiedenen Hölzer der Streichinstrumente glänzten im Scheinwerferlicht um die Wette. Fichte, Ahorn, Kirsche in feinsten Nuancen in einem Korpus gefangen, der weiblicher kaum vorstellbar ist. Die so unscheinbaren hölzernen Stege, aufgestellt wie kleine Segel, ließen die Stahlsaiten glitzern, als wären sie aus purem Silber. Lange, spitze Stacheln, wohl aus Titanium, Wirbel und Schnecken aus besonders harten Hölzern, gaben den Instrumenten etwas Lebendiges. Lebende Insekten müssen da Pate gestanden haben.

Es muss kurz vor zwanzig Uhr gewesen sein, als die Musiker die erhöhte Bühne betraten. Die Violoncelli, Kontrabässe und die dazugekommenen zwei Violinen warteten auf ihre großen Auftritte. Die Violinen standen links, die Celli rechts, die Kontrabässe in der Mitte der Bühne. Doch es waren die Celli, die am heutigen Abend im Mittelpunkt standen. Sie waren die Hauptattraktion und sie waren dazu berufen den Konzertsaal zu erobern. Dann kam der Dirigent und mit ihm das übliche Brimborium der Begrüßung und des letzten Einstimmens auf den Rücken der hölzernen Insekten. Ein lautes Klacken des Dirigentenstockes war dann das Signal, das absolute Ruhe einforderte. Dann kam die Zeit der Dompteure und Dompteurinnen. Die Resonanzkörper gaben ihr Bestes, als die Carbonbögen über die Stahlsaiten rasten. Tragend weich, warm, sonor, voll, aber auch klar, brillant, vibrierend, hell, überlagerten sich die Klänge mit glänzenden, strahlenden, edlen, lyrischen, beseelten Tönen, die immer wieder durch überraschende gewichtige, kraftvolle, beseelte Klänge abgelöst oder verdrängt wurden. Die Klangfülle erinnerte den jungen Karl Olek an ein expressionistisches Bild von Ludwig Kirchner und dann wieder an die fließenden Farbfeldmalereien eines Mark Rothko. Der ganze Saal vibrierte, zitterte als eine klangliche Einheit. Der Musikkritiker verfolgte zu Anfang konzentriert das Konzert und machte sich erste Notizen in sein kleines Büchlein. Doch es war vor allem die Cellistin, ganz rechts außen, die ihn faszinierte. Die schlanke Asiatin strich den Bogen so zärtlich, als wollte sie die Töne persönlich ins Paradis wiegen. Ihr, bis zu den Knöcheln reichende schwarze Kleid, das schmale, makellose Gesicht, die glatten Haare bis zum Po und ihre ebenfalls schwarzen, hochhackigen Pumps formten diese makellose Gestalt zu einer vollkommenen Erscheinung. Die Cellistin verschmolz zunehmend mit ihrem Instrument zu einer Einheit, und ihr ganzes Äußeres bezauberte, eigentlich verzauberte den jungen Karl Olek schon zu Beginn des Konzertes. Er hatte sich hoffnungslos in sie verliebt. Mit dieser Schönheit wollte er durchbrennen – augenblicklich.

Karl Olek geriet ins Schwärmen, dann ins Träumen. Er wollte sie allein für sich. Er wollte sie in sein Leben, in seine Geschichte mitnehmen und niemand sollte sie mehr trennen können. Er träumte sich in ihre Arme, dann in ein fernes Land. In einer Minka, einem einfachen Gebäude japanischer Bauart, lagen sie beide auf einem riesigen Futon, der den ganzen Raum einnahm und liebten sich. Er erlernte die japanische Sprache und sie spielte weiter ihr Cello in den Streichorchestern auf den Bühnen Japans.

Dann plötzlich hörte er ein dunkles, dumpfes, unheilverkündendes Plopp. Mehr nicht. Doch der Dirigent gestikulierte weiter mit seinen Armen, fuchtelte mit seinen Händen, hüpfte mit seinem fast schwerelos erscheinenden Körper unbeirrt weiter. Sein schwarzer Schwalbenschwanz folgte augenblicklich jeder seiner eigenwilligen Bewegungen, als wollte er fliegen lernen. Auch die Streichinstrumente ließen sich weiter durch die Carbonbögen malträtieren. Erst ein zweites, etwas helleres Plopp, gefolgt von einem stumpfen Aufschlag eines Körpers, rissen den Dirigenten aus seiner irrwitzigen Akrobatik. Er verharrte urplötzlich in einer eingefrorenen, fast lächerlichen Haltung. Die Bögen der Streicher sägten hingegen immer noch unentwegt weiter, so dass man Sorge haben musste, dass die Violinen, Celli und Kontrabässe in Kürze in Flammen aufgehen würden. Jetzt erst reckten die ersten Zuhörer ihre Hälse neugierig in die Höhe. Unverständliche Laute, die kaum einer vernünftigen Spezies zuzuordnen waren, erfüllten den Zuhörerraum. Immer lauter, immer vielstimmiger, bis die ersten kurzen Stoßseufzer wie „oh je, mein Gott, ach du liebe Zeit" herauszuhören waren. Dann mischten sich die ersten beunruhigenden Fragen in das aufkommende Caos:

„War das ein Schuss? Wer hat da geschossen?" „In Deckung! In Deckung!"

In der Zwischenzeit wurde das Foltern der Klangholzkörper eingestellt. Sie hatten nun frei, waren erlöst und wurden unsanft auf den Boden gelegt. Ihre Peiniger sprangen auf, enteilten tief gebückt, hintereinander, durch einen Hinterausgang. Zwei Techniker, die Guten Seelen des Hauses wurden sie gerne genannt, löschten geistesgegenwärtig das Bühnenlicht. Einer von ihnen rief immer wieder laut: „Verlassen Sie den Raum – sofort!"

Der andere brüllte unentwegt: „Keine Panik, keine Panik!" In kürzester Zeit hatten alle Zuhörer den Saal verlassen. Wo der Dirigent geblieben war, wusste später keiner mehr. Es war plötzlich totenstill. Fast. Wenn man genau lauschte, konnte man ein leisen Wimmern hören, das aber früh erlosch. Die alarmierte Polizei konnte nur noch den Tod der Cellistin, ganz rechts außen, feststellen. Eine Kugel hatte sie in die Brust getroffen, nachdem eine erste Kugel ihr hölzernes Insekt erledigt hatte.


Das Streicherkonzert war zu Ende. Die Urgewalten der Töne brandeten im Raum noch eine Weile nach. Überbordender Applaus. Der Dirigent verbeugte sich tief und forderte die Musiker auf, sich zu erheben. Der ganze Saal bebte. Immer und immer wieder verbeugten sich der Dirigent und die Streicher. Die Lichter gingen an. Noch mehr Applaus und der ganze Saal kam wie auf ein geheimes Kommando in Bewegung. Standing Ovation.

Erst jetzt erwachte der junge Musikkritiker aus seinem Tagtraum und öffnete mühselig die Augen. Breite Rücken, in schwarze Jacketts gezwängt, versperrten ihm den Blick zur Bühne. Sein Nachbar zur Linken bückte sich zu ihm hinunter und wiederholte entzückt immer wieder: „Bellisimo, bellisimo! Grandios nicht wahr?" Er hämmerte dabei fast ekstatisch mit seinen Händen auf die Lehne des Vordersitzes. Rechts des Kritikers stand eine gepflegte Mitfünfzigerin die rauschhaft mit dem Kopf hin und her wackelte, dass es einem schon vom Hinschauen schwindelig werden konnte. In der Sitzreihe vor Karl Olek war der Teufel los. Eine Person, ihr Geschlecht war nicht sicher auszumachen, pfiff mit den Fingern vor Begeisterung so schrill und durchdringend, dass deren Nachbarin sich die Ohren zuhielt und unentwegt brüllte: „Bitte nicht so laut. Sind sie verrückt? Man kriegt ja nichts mehr mit!" Daneben, davor, eigentlich fast überall jaulte, quiekte, gurrte, krächzte und schnatterte es, dass jeder Zoo wegen dieser Vielstimmigkeit vor Neid erblassen würde.

Der junge Musikkritiker, der von seiner Zeitung beauftragt war über das Konzert zu berichten, saß noch ruhig in seinem Sessel und rieb sich umständlich die Augen. Er massierte seine Schläfen, zupfte sich mehrfach irritiert an der Nase, als wolle er sie verlängern, massierte verlegen die Stelle zwischen der Nase und der Oberlippe, raufte sich die Haare, wischte sich immer wieder mit den flachen Händen die Hosenfalten glatt und fragte sich verunsichert, wo er sich gerade befand. Er musste etwas verpasst haben! Eiligst stemmte er sich aus seiner Sitzgelegenheit und versuchte an den vielen Rücken, Köpfen und applaudierenden Händen vorbei auf die Bühne zu schauen. Dort stand sie noch unversehrt, ganz rechts außen, die, nein seine Cellistin. Sie verbeugte sich immer wieder und bekam gerade vom Dirigenten einen Blumenstrauß überreicht.

„Mit dieser Anmut und Schönheit wollte ich durchbrennen. „Daraus wird wohl nichts werden", grübelte der junge Mann. Noch am selben Abend versuchte er eine Rezension zu schreiben, was schwierig war. Sein Notizblock wies nur leere Seiten auf.

# Celloliebe

Ich liebe Cello. Das heißt, ich liebe nicht das Instrument. Ich liebte einst eine Cellistin. Das ist einige Jahre her. Und doch ist sie unvergessen, diese Meisterin des Cello-Spiels. In meiner Erinnerung sehe ich sie vor mir, wie sie im Orchester sitzt. Schön, so schön! Üppig, wie die Knospe einer Pfingstrose. Es war ein Zucken, ein Blick wie ein Blitz, ein Ton, der von ihr zu mir glitt, und Gefühle strömen ließ, unbeschreibliche Gefühle, wie auf einer gespannten Saite. Und auch ihre Augen! Und dieser Ton! Ich war ihr verfallen, vom ersten Heben ihres Bogens an. Ich konnte es kaum glauben, aber sie begleitete mich ins Café nebenan. Ich glühte und sie glühte und wir sahen uns an und sagten uns all die Dinge, die in den vielen Sätzen, die man sagt, verborgen bleiben. Wir hörten und verstanden sie.

Zwölf Jahre liebten wir uns, die Bratsche und das Cello. Zwölf Jahre glühte es zwischen uns, dann verlöschte die Glut. Sie war verbraucht, zu Asche zerfallen. Wir verließen uns ohne Groll. Wir trauerten beide. Seither liebe ich Cello.

Fragt mich jemand nach den Instrumenten die ich liebe, so verspüre ich ein fernes Glühen. Ich denke an die volle Knospe einer Pfingstrose und sage traurig: Cello, Cello ist meine große Liebe.

## „Klar doch"

„Was willst du denn werden junger Mann?", fragte ihn der Berufsberater.

Er zögerte. Was ich werden will? Eine dämliche Frage, dachte Karl.
Als könne man sich einfach einen Beruf wünschen. Vielleicht vorher
noch schnell einen Wunschzettel schreiben, wie früher an Weihnachten? Dann wird jemand vorbeikommen und einem den Wunsch
erfüllen. „Ich weiß nicht so genau", antwortete er schüchtern und
bereute in diesem Augenblick den Termin überhaupt wahrgenommen zu haben.

„Aber du musst doch wissen was du willst. Warum bist du hier?
Was sind deine Stärken?"

So ein Blödsinn überlegte der Siebzehnjährige. Ich bin doch hier,
damit der mir sagt was geht und was nicht geht. Meine Stärken kenne
ich nicht. Woher auch? Mir hat niemand gesagt welche Stärken ich
habe. „Ich habe keine Stärken", sagte er leise.

„Jeder hat Stärken."

Woher will der wissen, dass ich Stärken habe? Der kennt mich
doch gar nicht. „Ich weiß nicht so recht", sagte er unsicher und
schaute auf den Boden.

„Was macht dir denn am meisten Spaß?"

Spaß? Der hat gut reden. Das Leben ist nicht dazu da, um Spaß
zu haben, sagt mein Dad immer und der muss es ja wissen. „Ich bin
gerne in den Bergen", antwortete Karl.

„Ah, dann bist du sportlich! Das ist doch schon etwas."

So ein Mist. Was rede ich da? Ich war doch noch nie in den Bergen,
bereute Karl seine vorschnelle Antwort. „Es geht so", sagte er.

„Ich hätte da vielleicht etwas für dich. Ist gestern reingekommen.
Da ist man viel in der frischen Luft, muss rauf und runter klettern und
hat Publikumsverkehr. Ich denke, das würde dir gefallen."

Ich hasse frische Luft und geklettert bin ich noch nie. Außer auf den Balkon der Nachbarin im letzten Sommer, erinnerte er sich und wurde rot. „Ah, toll! Und was wäre das?", fragte Karl.

„Na was denkst du? Rate mal!"

Ein heiteres Beruferaten also. Diese Scheißsendung haben mein Vater und meine Großmutter immer im Fernsehen angeglotzt, grübelte der junge Mann. „Weiß nicht. Kraftfahrer vielleicht?", sagte er unüberlegt, weil ihm kein anderer Beruf einfallen wollte.

„Hast du denn einen Führerschein? Du bist erst siebzehn und außerdem muss man da nicht immer rauf und runter klettern." Dad ist Lastwagenfahrer. Der jammert immer, dass ihm das Kreuz weh tut. Der muss pausenlos auf- und absteigen von seinem Bock. Nichts für mich. „Nee, kann man aber machen", sagte er unsicher.

„Man kann alles machen, wenn man will! Willst du überhaupt?" Ich will jetzt gehen. Der Typ nervt ohne Ende und spricht in Rätseln, dachte der junge Kerl. „Ich will", beteuerte er.

„OK. Schornsteinfeger. Wäre das etwas für dich?" Astronaut, König, Hexer, von mir aus Callboy, aber nicht Schornsteinfeger. Der spinnt jetzt voll! „Was muss man da tun?", fragte er.

„Na den Schornstein sauber machen und so."

Karl erinnerte sich an die Hochzeit seiner Schwester im vergangenen Jahr. Da war auch ein Schornsteinfeger. Der musste sich nur von allen begrapschen lassen, viel Glück wünschen und gut war's. Dafür wurde er sogar auf der Feier durchgefüttert und hatte noch Kohle bekommen und alle waren glücklich. „Gut, das mache ich", sagte Karl selbstbewusst.

„Ehrlich?"

„Klar doch."

„So spontan?"

„Klar doch."

„OK, dann mach ich die Papiere fertig, gebe dir die Adresse, wo du dich vorstellen musst und gut ist's."

„Gut ist's." Das erste Mal waren die beiden sich einig.

„Ich wünsche dir viel Erfolg. Das klappt sicher und wenn nicht, kommst du wieder hier vorbei."

Ganz bestimmt nicht. Der sieht mich nie wieder, beschloss der junge Mann.

„Danke und Auf Wiedersehen" sagte er, stand auf und streckte zögerlich seine Hand dem Berufsberater entgegen. Ein kurzer Handschlag und Karl genoss seine wiedergewonnene Freiheit.

Nachtrag: Karl lernte den Beruf des Verwaltungsangestellten. Sein Vater war ein verdientes Mitglied in der SPD und so kam Karl zu den jungen Sozialisten. Schon nach zwei Jahren wurde er zum Vorsitzenden der Jusos gewählt. Dann machte er eine Blitzkarriere in der SPD. Sechs Jahre später war er einer der jüngsten Staatssekretäre, die die SPD je hatte.

# Beerenrot

Das Dach war nicht sehr hoch. Das Haus klein. Vor der winzigen Dachterrasse aus stieg Ralf bequem hoch bis zum Schornstein. Heute musste er von oben fegen. Der Hausbesitzer wollte seinen Holzofen erneuern und benötigte dazu einen Metalleinsatz in den alten Kamin. Er sollte in einigen Tagen geliefert werden. Aber das ging ihn nichts mehr an. Nur sauber musste der Schornstein innen sein. Sein Fachwissen war erst bei der Abnahme wieder gefragt.

Ralf hatte es sich zur Gewohnheit gemacht, sich die nähere und weitere Umgebung anzusehen. Der Blick von oben herab, über die Dächer hinweg, von Kamin zu Kamin, hinein in manche Balkone, Gärten und Gässchen, über begrünte Flachdächer, Hinterhöfe und steile Turmspitzen, war etwas ganz Besonderes. Heute faszinierte ihn der Himmel. Beim Hochsteigen hatte ihn noch ein dunkles Grau begleitet. Als er jetzt stand und schaute, verdrängte langsam aber unaufhaltsam ein roter Schimmer das düstere Gewölbe über ihm.

Ein Rot stieg auf am Horizont, wurde tiefer und tiefer, breitete sich aus und füllte langsam aber stetig die blau-graue Kuppel.

Ralf saugte die Farbe in sich hinein. Staunend über so viel Farbe stand er auf der Stufe, hoch oben, wie verlassen von allem. Dieses Rot war nicht das Rot der Kardinäle und Könige, das alte Gemälde zierte, Gewänder, Falten und Borten leuchten machte. Dieses Rot veränderte sich, wurde dunkler und heller, tiefer und leichter und verschwamm an den Rändern.

Mit diesem Rot überreifer Beeren tauchte in Ralf eine Erinnerung auf, lange Zeit verdeckt und verdrängt. So ein Rot hatte den Himmel überzogen, als Kathie ihn verlassen hatte. Seit jenem Tag hatte er an ihren Weggang nie mehr so intensiv gedacht. Heute verknüpfte er sich mit der Farbe des Himmels und einem aufsteigenden Unbehagen, mit einer Traurigkeit, die in ihm Raum nahm und Bilder hervorrief, die tief in ihm verborgen lagen.

Dieses Rot! Dieses Beerenrot! Damals hatte sie ihm gesagt, dass sie nicht mehr mit ihm leben wolle, es nicht mehr könne. Auf seine Frage hin, hatte sie zögernd zugegeben, dass es einen anderen gab in ihrem Leben.

Der andere würde also zukünftig ihr Liebster sein. So hatte sie ihn genannt, in zärtlichen Stunden. Ja, das hatte er gedacht, damals, ein anderer also, er war es nicht mehr. Er war stumm geblieben, hatte nichts dazu sagen können.

„Sag doch was", hatte sie noch am Abend gebettelt, „sprich doch mit mir". Noch einmal hatte sie sich ins gemeinsame Bett gelegt, war noch ein letztes Mal zu ihm gewandt eingeschlafen. Er sah ihr Gesicht vor sich, ihre Haare, ihren Arm, der wie immer die Bettdecke festhielt. Festhalten, das wollte er sie. Festhalten.

„Bleib bei mir", hatte er leise zu der Schlafenden gesagt, "bitte, bleib bei mir". Später war dann wohl auch er eingeschlafen.

Als der Wecker klingelte war sein Leben ein anderes geworden. Kathie war noch am Packen, als er das Haus verließ.

Damals war er auch hinaufgestiegen, zu einem solch intensiven, leidenschaftlichen Rot. Er hätte hineinsteigen können in diesen Himmel, hineinfallen, alles hinter sich lassen. Er hatte es nicht getan.

Das Rot verblasste, wie es das immer tat. Langsam zog es sich zurück, niemand wusste wohin. „Katie", sagte er leise, „wo bist du?"

# Signora Cannelotti

Es ist ein trauriger Anlass, der Carla Cannelotti nach 25 Jahren zurück in dieses Haus bringt. Ihre Großmutter Gina Cannelotti ist mit nur 75 Jahren verstorben und Carla ist die alleinige Erbin des kleinen Häuschens am Stadtrand von Rom. Sie hatte mit dieser Erbschaft nicht gerechnet, da sie auf der anderen Seite des Erdballs, in Seoul arbeitet und mit ihrer Großmutter schon seit ewigen Zeiten keinen Kontakt mehr hatte.

Die junge Carla sitzt im Wohnzimmer ihrer verstorbenen Großmutter. Der Raum ist abgedunkelt. Die Enkelin hat kaum noch Erinnerungen an die wenigen Wochen, an denen sie ihre Großeltern besuchte. Doch die Zeit scheint hier stehen geblieben zu sein. Die ganz eigenen Gerüche in dem Häuschen, denen sie woanders nie mehr begegnet war, sind für sie sofort wieder präsent. Sie erinnert sich auch wieder an die Vorhänge vor den Fenstern mit diesem seltenen Muster. Auch die fein ausgearbeiteten Intarsien an der Schublade des alten Sekretärs, waren ihr nach so vielen Jahren gut in Erinnerung geblieben. Den Schlüssel zu diesem schönen Schreibtisch hatte Großmutter in einer schmalen Rinne unten am Boden des Möbels versteckt. Ob er immer noch dort liegt, rätselt Carla?

Carla ist nicht allein in diesem spärlich eingerichteten Raum. Neben ihr sitzt eine gebrechliche Römerin, die sich als Nachbarin der Großmutter vorstellt.

„Signorina Carla! Ihre Großmutter, die gute Gina, sie war ein so guter Mensch. Wir haben uns so gut verstanden", sagt die dicke Nachbarin und wischt sich die Tränen mit ihrer schmuddeligen Schürze ab. „In den letzten Monaten hatte ich ihren Garten gepflegt und die gute Gina wollte ihn mir abtreten, da sie ihn nicht mehr bewirtschaften konnte." Daneben steht eine großgewachsene Frau aus dem benachbarten Settecamini, die behauptet, seit zwei Jahren Großmutters Wohnung geputzt und für sie alle wichtigen Erledigungen getätigt zu haben.

„Oh ja, Gina war ein so großzügiger Mensch", säuselt sie. „Signora Canelotti meinte immer, dass ich für meine Fürsorge später einmal bedacht werde." Am Fenster lümmelt ein Mann mittleren Alters. Er stellt sich als Besitzer eines Krämerladens gleich um die Ecke vor, bei dem Großmutter angeblich immer hat anschreiben lassen. „Diese Rechnungen müssen doch nun beglichen werden", mahnt er trocken.

„Wenn wir uns einmischen dürfen", unterbricht eine der zwei aufgedonnerten Frauen, die neben dem Ladenbesitzer stehen. „Wir sind die Geschwister Pollo und waren eng mit ihrer Großmutter befreundet. Gott habe sie selig. Wir haben mit ihr fast jeden Abend Bridge gespielt. Da sind doch einige Spielschulden aufgelaufen, die bezahlt werden müssen." Zwei Herren in schwarzen Anzügen treten nun entschlossen vor.

„Signorina Cannelotti, wir haben hier einen Exklusivvertrag, indem ihre Großmutter ihre Beerdigung unserem Bestattungsinstitut überträgt. Wir bitten sie dies zur Kenntnis zu nehmen." Daraufhin legt der andere einen verschlossenen Umschlag auf den Tisch. Eine adrette Dame, die sich als Ärztin vorstellt, händigt Carla eine Liste aus.

„Das ist eine Aufstellung noch offener Rechnungen für geleistete Behandlungen an ihrer Großmutter Signora Gina Cannelotti. Sie hatte einen leichten Tod Signorina. Seien sie froh!" Die Ärztin überreicht Carla noch eine kleine Karte, auf der ihre Bankverbindungen stehen. Gegenüber räuspert sich ein untersetzter Kerl mit Glatze. Er behauptet mit Großmutter besonders eng gewesen zu sein. Dabei grinst er unanständig, fast frivol. Er ist ein auffällig gut gekleideten Mittsechziger, dessen Rolle für die Enkelin bislang noch im Dunkeln liegt. In der Türe des engen Wohnzimmers steht ein junger Kerl. Er sieht sehr heruntergekommen aus und kannte die Großmutter überhaupt nicht. Später stellt sich heraus, dass er nur hier ist, weil die Haustüre offensteht. In der Mitte des Raumes steht Senior Peralta, der Notar. Er hatte Carla vom Tod ihrer Großmutter benachrichtigt und sie gebeten, zu dem heutigen Termin nach Rom zu kommen. Peralta ist ein alter, finster dreinblickender Römer, der wohl schon einige rechtliche Gefechte ausgetragen hat.

Zwölf Personen sind in diesem kleinen Wohnraum versammelt. Es ist eng und stickig. Carla hatte kaum Platz gefunden, um ihre Reisetasche abzustellen. Sie spürt, dass man ihr eigentlich gar keinen Platz einräumen möchte. Sie spürt das Mistrauen und die Gier der Anwesenden, die sich wie eine riesige Welle vor ihr auftürmt. Sie droht fortgerissen zu werden und Hilfe suchend wendet sie sich an den Notar: „Senior Peralta, sie haben mir heute Morgen das Testament meiner Großmutter eröffnet. Das ist doch rechtskräftigt – richtig?"

„Si, Signorina."

„Darin bin ich doch Alleinerbin – richtig?"

„Si, Signorina."

„Was tun dann die ganzen Menschen hier?"

„Ich weiß es nicht. Aber ich habe das Gefühl, dass diese Menschen hier irgendwie zum Erbe ihrer Großmutter gehören", sagt der Notar.

Carla ist unwohl. Die Hitze hier in Rom macht ihr zu schaffen. Die ganze Anreise, der Klimawechsel und diese vielen Menschen zehren an ihr. Sie überlegt, wie sie diese Gesellschaft, die sie als Verschwörung empfindet, loswerden kann.

„Verehrte Gesellschaft", beginnt sie ihre Rede, „ich weiß, dass sie alle hier berechtigte Interessen haben. Ich werde das Haus verkaufen und werde alle ihre Forderungen erfüllen. Gleich morgen werde ich den hochgeschätzten Signor Peralta in seiner Kanzlei aufsuchen und alle notwendigen Formalitäten erledigen. Bitte schreiben sie ihren Namen, Adresse und Telefonnummer auf und ich werde sie in Kürze über den weiteren Verlauf der Dinge in Kenntnis setzen." Sie fischt ein Blatt Papier aus ihrer Tasche und reicht es weiter. Die Nachbarin, die Haushaltshilfe, der Ladenbesitzer, die Bridge-Freudinnen, der Bestatter, die Ärztin, der frivole Mann mit der Glatze und der unbekannte junge Mann an der Türe, der eigentlich keine Forderungen zu stellen hat, schreiben ihre Kontaktdaten auf das Blatt Papier. Danach tritt, bis auf ein paar Schluchzer und leises Wehklagen, wieder Ruhe ein.

Alle Personen, einschließlich dem Notar, verlassen das Haus und die junge Frau ist endlich allein mit ihrem Erbe.

Carla lässt sich viel Zeit. Sie versucht ihren Erinnerungen an die Großmutter nachzuspüren, indem sie lange die Fotografien auf der Anrichte betrachtet. Sie streicht gedankenverloren über die Lehne des abgesessenen Fernsehsessels, streichelt die verblassten Kissen auf dem etwas heruntergekommenen Sofa und betrachtet vor allem die Stellen im Raum, wo sie glaubt, dass ihre Großmutter sie besonders oft berührt hatte. Dann sucht sie den Schlüssel des Sekretärs. Sie kniet auf den abgewetzten Teppich und fährt mit der Hand unten am Sekretär entlang. Der Schlüssel ist noch da. Aufgeregt öffnet Carla die mittlere Schublade und greift zu einem kleinen abgegriffenes Buch, das ganz oben liegt. Es ist das letzte Tagebuch ihrer Großmutter. Numero 15 steht dort auf dem Einband und darunter: 2016 bis 2021.

Sie setzt sich auf das Sofa und beginnt darin zu lesen. Tausend Dinge hatte die alte Dame diesem Buch anvertraut. Allerlei Tollereien und üble Späße, Ärgerliches und Lächerliches. Dinge zum Weinen und Lachen, zum Trauern und Scherzen, Enttäuschendes und auch Bösartiges. Ein Kaleidoskop von allem, was einen Menschen ausmacht. Carla bekommt durch diese letzten Zeilen ihrer Großmutter ein Bild von ihr, das ihr bislang fehlte. Der Enkelin kommen die Tränen. Sie grämt sich, dass sie sich nicht die Zeit genommen hatte, die alte Frau besser kennengelernt zu haben. Doch jetzt ist es zu spät. Traurig blättert Carla zur letzten Eintragung. Dort steht in etwas zittriger Handschrift:

„Mia bella Carla, in diesem Sekretär, den dein Großvater zu unserer Hochzeit von seinem Vater bekommen hatte, liegt alles was von mir übrigbleibt. Fünfzehn Tagebücher erzählen von mir und deinen italienischen Vorfahren. Sie sind mein Vermächtnis an dich. Lese sie und mache dir ein liebevolles Bild von deinen Großeltern. Trage es mit dir, wenn du zurück in deine neue Heimat fliegst. Das kleine Haus ist dein und wenn andere irgendwelche Ansprüche stellen, sie sind nicht gerechtfertigt. Alle die Menschen, die versuchen werden, ein Stück von dem bescheidenen Kuchen abzubekommen, sind von mir schon lange entschädigt worden. Keine Rechnung ist mehr offen. Lasse dich nicht verrücktmachen und bleibe eine richtige Cannelotti. In Liebe deine Großmutter Gina."

Carla weint und gleichzeitig spürt sie, wie stark und stolz sie ist. Sie packt einige Erinnerungsstücke in ihren Koffer. Die Tagebücher gibt sie noch am selben Tag mit der Post auf in Richtung Seoul. Zwei Tage später sitzt sie im Flugzeug und fliegt den Tagebüchern hinterher.

# Die Versuchung

Da lag das Buch, hier, vor mir auf dem Tisch. Es war nur halb verdeckt von einem Stapel großer Hefte. So offen hatte ich es noch nie liegen sehen. Um ehrlich zu sein, ich kannte dieses Büchlein mit dem rosaroten Einband, geziert mit einem weißen Einhorn. Gesehen hatte ich es im Laufe des letzten Jahres auch des Öfteren. Ich hatte es Franzi zum Geburtstag geschenkt, zu ihrem dreizehnten. Es war ein Einsergeschenk gewesen, wie wir das nannten, ein Geschenk, das bei den Beschenkten besonders gut ankam. Franzi hatte es sofort mit ihrem Namen versehen und verkündet, was wir natürlich alle schon wussten: „Ein Tagebuch darf kein Fremder lesen! Niemand!", hatte sie mit ernstem Blick noch einmal betont und dabei ihren Bruder eindringlich angeschaut.

„Was interessieren mich deine Geheimnisse", hatte Tim verächtlich gesagt und einen kleinen Luftstoß hinterhergeschickt. „Deinen Mädchenkram will ich gar nicht wissen."

Für Tim stimmte das womöglich auch. Er war zwei Jahre älter als seine Schwester und mit seinen eigenen Problemen beschäftigt. Für mich, ihre Mutter galt das im Großen Ganzen auch. Schon immer war es klar für mich, fremde Briefe, fremde Tagebücher liest man nicht.

Jetzt allerdings war ich doch versucht, nach diesem rosaroten Ding zu greifen. Am Morgen hatten wir uns wieder einmal lautstark gestritten. Es war darum gegangen, dass meine dreizehnjährige Tochter nicht wie ein Model geschminkt das Haus verlassen sollte. Heute hatte sie zur Wimperntusche auch noch Makeup und Lippenstift aufgetragen. Sie sah aus wie Lady Gaga zu ihren besten Zeiten. Fehlte nur noch ein nabelfreies Top und Stöckelschuhe. Nein, nein und nochmal nein. So ging meine Tochter nicht zur Schule! Als ich ihr das klarmachte, ging es los. Und wie! Es sah so aus, als wären alle Dämme gebrochen. Zum ersten Mal tauschten wir wirklich bösartige Schimpfworte aus. Von der dummen Kuh bis zur Nutte war alles dabei. Am Ende schlug

Franzi die Tür hinter sich zu und ich saß am Küchentisch und heulte. War das noch meine Tochter? Ich war verzweifelt. Meinen freien Tag verbrachte ich damit, dass ich das Unkraut im Gemüsebeet hackte. Ich arbeitete als ob ich im Akkord schuften würde. Nach einiger Zeit ließ der Frust nach. Gartenarbeit beruhigte mich immer wieder.

Als Franzi nach Hause kam, war von der Schminke nichts mehr zu sehen. Wir aßen zusammen, schweigend. Dann verschwand sie nach einem Handyanruf, oben in ihrem Zimmer.

Und jetzt lag es also sichtbar vor mir, das Tagebuch. Meine Tochter hatte es offensichtlich in die Schule mitgenommen. Bestimmt hatte sie etwas über unsren Streit notiert. Sollte ich es durchblättern? Zum ersten Mal war ich versucht, etwas zu tun, was meinen Prinzipien total entgegenlief. Sollte ich, oder sollte ich nicht?

Als ich so stand und auf das rosarote Buch starrte, kam mir meine Mutter in den Sinn. Auch wir hatten unsere Auseinandersetzungen. Auch ich hatte Tagebuch geschrieben, tat es auch heute noch, wenn auch nur bei besonderen Ereignissen. Als ich Franzi vor fast einem Jahr das Buch schenkte, hatte meine Mutter mir verraten, dass sie mein Tagebuch damals, nach einem heftigen Streit, gelesen hatte. Hinterher habe sie sich geschämt und auch heute noch tue es ihr leid.

„Und was hatte ich Schlimmes geschrieben?", fragte ich sie.

„Das war es ja gerade, was mich so beschämte", sagte sie entschuldigend. „Zuerst beschriebst du unseren Streit, sehr gut beobachtet, von beiden Seiten. Und dann stand da zum Schluss: „Man muss sie verstehen. Sie hat es auch nicht leicht mit uns Kindern".

Ja, dachte ich jetzt, Mütter und Töchter passen halt auch nicht immer zusammen. Ich wandte den Blick ab von der rosa Versuchung und räumte das Geschirr in die Maschine.

Franzi kam strahlend die Treppe herunter und berichtete mir von der Einladung auf den Bauernhof einer Freundin. „Mit oder ohne", fragte ich und deutete auf meine Augen. „Natürlich ohne", sagte sie vergnügt und etwas ungeduldig. „Mama, ich gehe auf einen Bauernhof!"

# Mordwaffe

Die Art der Tötung und die Mordwaffe ließen bei Kommissar Rassim Mok nur den Schluss zu, dass es sich um so etwas wie eine Hinrichtung gehandelt haben musste. Mok war vierzig Jahre bei der Mordkommission, aber so ein brutales Tötungsdelikt hatte er noch nie auf seinem Schreibtisch gehabt, von der Mordwaffe ganz zu schweigen. Die ungewöhnlich bizarren Waffen waren zwei Kleiderbügel, die der Mörder seinem Opfer in die Augen gerammt hatte. Es war ein grässliches Bild. Der Tote saß in einem Wohnzimmer auf einem Zweiersofa. Sein Kopf war nach hinten auf die Lehne gefallen, Arme und Beine weit vom Körper weggestreckt und sein weißes Hemd war blutdurchtränkt. Kommissar Mok kann sich kaum erinnern, je so viel Blut gesehen zu haben, höchstens bei der Schießerei zwischen den beiden serbischen Clans vor fünf Jahren. Aber da starben immerhin vier Männer.

„Das kann kaum bei einer Anprobe passiert sein", bemerkte Pathologe Doktor Siegfried Lenz, als er den Toten untersuchte.

„Typisch Lenz. Wie er leibt und lebt", bemerkte Mok lapidar.

„Lebt ist gut", sagte Lenz. „Ich würde das ganze Zimmer auf den Kopf stellen, wenn ich du wäre. Da muss es Bezüge zum Toten geben. Das ist kein normaler Mord."

„Mord ist nie normal, lieber Doktor", korrigierte Kommissar Mok den Pathologen und wies die Spurensicherung an, sich genauer umzuschauen.

Im Kleiderschrank wurden sie fündig. Der Kommissar pfiff durch die Zähne, als er den Schrank einen Spalt weit öffnete und hineinsah.

„Manche sammeln Briefmarken, andere Kronkorken oder Spielzeugautos, was weiß ich denn. Warum nicht auch Kleiderbügel?" Ein Mitarbeiter der Spurensicherung drängte den Kommissar sachte beiseite.

„Nichts anfassen! Schloss, Türe, alles muss ich erst nach Fingerabdrücken untersuchen." Er wedelte einige Zeit an der Front des Einbauschrankes herum. Dann erst ließ er den Kommissar die Schranktüre einen größeren Spalt öffnen. Über die ganze Breite des Schrankes waren auf mehreren Ebenen Metallstangen montiert, an denen Kleiderbügel hingen. Mehrere Hundert mussten das sein. Jeder der Kleiderbügel sah anders aus und an jedem der Haken hingen kleine Zettel.

„Stopp, nichts anfassen!", wiederholte der Typ von der Spusi und machte sich vor dem Kleiderschrank breit. „Das kann lange dauern."

„Schon klar. Und wie lange?", fragte Kommissar Mok.

„Bis ich fertig bin!" Doktor Lenz war mit der Leiche schon fertig. „Ab geht's zu mir auf den Tisch. Dalli, dalli, heute Abend spielt Bayern München gegen Dortmund."

„Bayern gegen Dortmund, das ist ja phänomenal. Um wieviel Uhr?", fragte Mok, Interesse vorspielend.

„Halb Neun", antwortete der Pathologe und grinste. Die beiden kannten sich sehr gut und er wusste, dass sein Freund Rassim Fußball nicht ausstehen konnte.

„Wenn du es zur ersten Hälfte schaffen willst, musst du dich sputen. Sprich, was weißt du schon?", fragte der Kommissar.

„Das heißt nicht Hälfte, sondern Halbzeit, du Sportbanause", erwiderte Lenz. „Okay, das Opfer ist höchstens drei Stunden tot. Der Mann war schwer alkoholisiert und hatte sich kaum gewehrt. Letzten Endes ist er verblutet. Mehr kann ich noch nicht sagen."

„Ich weiß, Siegfried. Mehr dann, wenn du ihn auf dem Tisch hast." Beide lachten. Der Pathologe ließ den Toten in einen Plastiksack packen und verließ den Tatort. Nach zwei Stunden war auch die Spurensicherung durch.

„Der Tatort ist jetzt sauber", sagte einer von ihnen. Auch die Spusi rückte ab und der Kommissar blieb mit einem Assistenten und zwei Männern der KTU in der Wohnung des Getöteten zurück. Die Kriminaltechniker untersuchten die weiteren Räume nach möglichen Hinweisen und der Kommissar öffnete weit die Tür des Kleiderschrankes. Unzählige Kleiderbügel, alle ohne Kleidung, hingen in fünf Reihen eng nebeneinander. Er schaute sich nachdenklich die unterschiedlichen Kleiderbügel an. Einer von ihnen war mit einem schwarz-weißen Fell überzogen.

„Zebrafell", bemerkte der Assistent. An dem Bügel hing eine kleine Plakette: Burundi-Bujumbura. Ein anderer Kleiderbügel war mit Gold belegt.

„Blattgold", sagte der Assistent. VAE-Dubai stand auf dem befestigten Schildchen. Ein Bügel war mit einem derben, fast schwarzen Leder überzogen. Der Assistent befühlte ihn und diagnostizierte: „Rinderhaut." Argentina-Santa Fe stand auf der kleinen Medaille. Ein mit kleinen LED-Lichtern besetzter Kleiderbügel war besonders auffällig. Er blinkte, wenn man ihn bewegte. Auf der Plakette leuchteten grell die Worte: Tennessee-Memphis. Ein anderer war wegen seiner Schlichtheit aus billig gegossenem Plastik auffällig.

„Die gibt's bei uns in jedem Kaufhaus. Ramschware!", bemerkte der Assistent lakonisch. Deutschland-Bielefeld stand auf einem kleinen Schildchen. Es war wie eine Rally durch alle Kontinente, in bekannte und unbekannte, in legendäre und unscheinbare Städte. Irgendwann entschied Kommissar Mok die Reise durch die Welt abzubrechen. Die Kriminaltechniker der KTU wies er an, alle Kleiderbügel mit ins Labor zu nehmen und machte sich auf, den Fall im Büro weiterzuverfolgen.

„Wie heißt der Tote und was war er von Beruf?", fragte der Kommissar seinen Assistenten, der über den Ermordeten recherchiert hatte.

„Karl Meier mit ei. Ein Allerweltsname. Er war 45 Jahre alt und von Beruf so eine Art Handelsreisender. Und bislang nicht in unserem System."

„Mit was hatte er gehandelt?"

„Mit Waschmaschinen."

„Mit Waschmaschinen?"

„Ja."

„Das glaube ich nicht!", sagte der erfahrene Kommissar. „Haben wir seinen Reisepass?"

„Haben wir."

„Ich will, dass wir ein lückenloses Bewegungsmuster aller seiner Reisen in den letzten sechs Monaten erstellen. Vielleicht entdecken wir da etwas?"

„Wird gemacht, Boss!", sagte der Assistent und hörte nicht mehr, wie sein Vorgesetzter ihm nachrief:

„Nennen sie mich nicht immer Boss! Kommissar Mok reicht völlig."

Keine der Spuren, die die Kriminalpolizei verfolgte, führte zu irgendwelchen Ergebnissen. Auch die Zusammenarbeit mit Interpool erbrachte keine weiteren Erkenntnisse. Der Mordfall an dem Handelsreisenden Karl Meier blieb ungelöst.

Ich kann mir denken, dass es für viele Leser unbefriedigend ist, wenn die Geschichte zu Ende geht, ohne dass der Mordfall gelöst wird. Doch so ist das im Leben. Da gibt es nicht immer eine befriedigende Lösung und schon gar nicht immer ein Happy End. Und wer weiß, vielleicht passiert irgendwann einmal ein weiterer Mord mit ähnlicher Handschrift. Die Kriminalpolizei, vielleicht sogar Kommissar Mok, wenn er bis dahin nicht schon in Pension ist, wird sich an diesen Fall erinnern. Vielleicht gelingt dann auch die späte Aufklärung dieses Falles. Oder vielleicht findet man durch Zufall neue Indizien, die zu einer heißen Spur werden und schließlich zur Aufklärung führen. Vielleicht meldet sich der Mörder auch freiwillig, weil er ein schlechtes Gewissen hat. Diese Möglichkeit hält sicherlich jeder Leser für ausgeschlossen. Ausschließen lässt sich auf jeden Fall nur, dass Opfer und Täter eine Person waren und das bedeutet, dass der Täter immer noch frei herumläuft. Wo, kann im Moment niemand sagen. Wer weiß, vielleicht ist es ihr Nachbar, denn was wissen sie schon über ihn? Sie kennen sicherlich nur einige wenige Aspekte aus seinem Leben. Alles andere bleibt Ihnen verborgen.

# Nicht das Fell!

Skript zum Vortrag: Der Kleiderbügel im Spiegel der Jahrhunderte. Gehalten auf dem Kongress Zur Entwicklung Der Menschheitsgeschichte, von Frau Prof. Dr. Dr. Ungewiss (Kurzfassung)

Sehr geehrte Damen und Herren!

Ja, es ist richtig, dass ich mein wissenschaftliches Wirken dem Kleiderbügel widme. Mögen manche meiner Professorenkollegen diesen Gegenstand als profan bezeichnen (was schon vorgekommen ist) und die Beschäftigung mit ihm als unerheblich abtun, die Ergebnisse meiner historisch-soziologischen Untersuchungen geben mir recht.

Da ich hier um eine kurze Darstellung meiner Ergebnisse gebeten wurde, habe ich leider nicht die Gelegenheit, meine, über viele Jahre intensiver Forschung erzielten Thesen, Untersuchungen und Ergebnisse in totum auszubreiten. So kann und werde ich nur die wichtigsten Stationen meiner Untersuchungen – und auch diese sehr zusammengefasst - versuchen darzulegen.

Zunächst zum Ursprung meines wissenschaftlichen Interesses. Dieses erwachte, als ich zu meinem zwölften Geburtstag von einem Nachbarmädchen ein ungewöhnliches Geschenk erhielt: Es war ein, in Eigenarbeit gebogenes Herz aus Draht. Bei genauem Hinsehen entpuppte sich dieses als kreativ verformter Drahtkleiderbügel. Erkennbar war es an dem gebogenen Haken, der als Vorrichtung zum Befestigen des Bügels, etwa an einem Nagel, angebracht war. Nachdem ich die Herkunft des nicht alltäglichen Geschenkes entschlüsselt hatte, grub sich die Frage in meinen wissenschaftlichen Erkenntnisdrang ein: Wie entstand der Kleiderbügel? Diese Frage bestimmte fortan meinen Lebensweg als Forscherin.

Heute empfinde ich vor allem die Erkenntnis, dass uns diese, auch für ein Laienpublikum bemerkenswerte Frage, hinführt in die tiefsten

Anfänge des menschlichen Daseins, ja der kulturellen Entwicklung des homo sapiens überhaupt, als außerordentlichen Glücksfall.

Das Ergebnis in wenigen Worten: Eine Menschenhöhle im Miozän: Mann, Frau, mehrere Nachkommen in verschiedener Größe. Das Interieur: Eine Feuerstelle mit abgebrannten Ästen, Felle zu einer Lagerstatt geschichtet.

Der Eingang der Höhle ist verhängt mit länglichen Fellstreifen, vergleichbar mit den heutigen Mückenvorhängen, zum Beispiel vor der Türe meines Wohnmobils. Doch zurück in die beschriebene Höhle. Das Feuer lodert hoch auf, dank der männlichen Aufmerksamkeit und Tatkraft. Der Mann legt von den, an der Wand gestapelten Ästen nach, einen nach dem anderen. Es wird warm in der Höhle, sehr warm, ja heiß. Deshalb nimmt der Mann sein Oberfell ab und lässt es achtlos auf den gestampften Lehmboden fallen.

Die Frau, vom Geschrei der umhertollenden Kleinen, sowie von der unnötigen Verschwendung des trockenen Holzes genervt, bittet den Mann, sein Fell doch nicht in den Schmutz zu werfen. Hier ist nun nachzuempfinden, dass der Mann, um jegliche Eskalation in der ohnehin angespannten Atmosphäre des trauten Heimes zu vermeiden, seine Frau mit freundlicher Stimme fragt: „Wohin sollte ich mein Fell denn hängen, und womit denn?"

Worauf sie, angesichts seiner besonnenen Reaktion besänftigt zur Antwort gibt: „Auf einen Kleiderbügel".

Die fürsorgliche Gattin erhebt sich sogar, um ihm bei der Auswahl eines geeigneten Astes behilflich zu sein. Gemeinsam suchen sie anschließend nach einer schmalen Stelle zwischen zwei Felsvorsprüngen und voila, der Kleiderbügel war geboren und tat zum ersten Mal seine Schuldigkeit.

Zugegeben, der dargestellte Dialog, sowie der Ablauf dieser Handlung, wurde leider trotz intensiver Suche, weder bildlich noch schriftlich, in keiner der zahlreichen Höhlen der Schwäbischen Alb entdeckt. Dennoch konnte die Fachwelt durchaus meinen, durch intensive Studien gezogenen Schlüssen folgen. Zahllose kleine und kleinste Hinweise verschiedener Art, belegen diese meine Erkenntnis von der

Entstehung des Kleiderbügels. Durch meine wissenschaftlichen For-schungen und Schlussfolgerungen lässt sich auch die These von der friedenstiftenden Eigenschaft des Kleiderbügels belegen. (Hier darf ich auf meine neueste Publikation hinweisen mit dem Titel: Kleider-bügel statt Waffen. Erschienen im Drumherum-Verlag, Leipzig) Darüber hinaus konnte ich die Einkerbungen, die der frühe, intensive Gebrauch des Kleiderbügels hinterließ, des Öfteren in mehreren Höhlungen nachweisen.

Da ich gebeten wurde, mich bei meinem Vortrag kurz zu fassen, kann ich hier leider nicht auf alle meine Forschungen, von diesem ersten Ergebnis ausgehend, eingehen. Nur so viel sei angemerkt: Nachdem der Kleiderbügel, als nux humanidis in der Welt war, konnte ich seine Spur, ja seinen Siegeszug über die Jahrhunderte und Jahrtausende hinweg verfolgen.

Zu all meinen, über Jahrzehnte gesammelten Erkenntnissen, möchte ich nicht versäumen, noch eine, im Zusammenhang mit die-sem nützlichen Utensil der menschlichen Zivilisation entstandene, grundlegende Frage zu behandeln.

Zu einem, weder von mir, noch von meinen Historikerkollegen genau zu bestimmenden Zeitpunkt, zogen Mann, Frau und Nach-wuchs aus den schützenden Naturhöhlen hinaus und hinein in einen umbauten Raum. Nun war guter Rat teuer. Felsvorsprünge fehlten hier naturgemäß ganz. Es erstaunt mich immer aufs Neue, wie sich die Fragen der menschlichen Existenz, über die unvorstellbar lange Zeit unserer Entwicklung, hin zu einem alleswissenden Geschöpf, doch gleichen. Auch in dieser, nun neuen, ungewohnten Situation des Lebens in umbauten Räumen, stellte sich die erwähnte Frage nach dem wohin mit dem Kleidungsstück und darauffolgend, wohin mit dem Kleiderbügel. Und wieder zeigt sich der Erfindergeist des weiblichen Geschlechts.

„Stell doch die Truhe aufrecht", riet die Frau ihrem Mann.

Gesagt, getan. Und siehe da, der Schrank war geboren und mit ihm auch ein umbauter Raum um die Kleidungsstücke. Holzwände umschlossen fürderhin Hose und Hemd, Tunika und Mantilla und schützten vor Ungeziefer jeglicher Art, wie Springhüpfer, Mäusen, Ratten, und Motten.

Entgegen dem, aus unglaublich vielen sichergestellten Details von mir entwickelten, vor Jahrtausenden stattgehabten Dialog zwischen den ersten Höhlenbewohnern, ist oben zitierter Ratschlag einer besorgten Gattin, dokumentiert. Ich fand den erwähnten Satz sowohl in frühen Kirchenbüchern, als auch in einigen, von Mönchen kunstvoll kopierten, religiösen Werken (siehe Fußnote).

Natürlich erschöpfen sich meine wissenschaftlichen Erkenntnisse nicht in diesen beiden angeführten Beispielen. Der Kleiderbügel hielt seinen Siegeszug über die Zeiten hinweg durch Hütten und Schlösser, durch Kinderzimmer und Sakristeien, durch Freibadspinde und begehbare Schränke.

Ein wichtiges, was sage ich, ein grundlegendes Ergebnis meiner Forschungen ist, dass der Kleiderbügel nirgendwo für sich alleine existierten kann. Er benötigt immer auch eine Felsnische, einen Nagel, einen Haken, eine Stange, oder, wie oben erwähnt sogar einen Schrank.

Ich komme zum Ende und fasse zusammen.

In der verlangten Kürze, ist zu sagen, der Kleiderbügel an sich symbolisiert wie kaum ein anderer Gegenstand, das menschliche Bedürfnis nach Ergänzung, ja ich würde sagen, nach Zweisamkeit. Ein Leben ohne Kleiderbügel wäre demnach unmöglich und schmerzhaft.

Ich bin mir sicher, dass diese meine Forschungen, gewissermaßen mein Lebenswerk, für die zukünftige Entwicklung der Menschheit von großer Bedeutung ist und weiterhin sein wird.

Ich danke für Ihre Aufmerksamkeit.


Fußnote: Die Tatsache, dass eine Frau hier den alles entscheidenden Ratschlag gab, und die Erwähnung desselben in religiösen Schriften, war ein Novum. Diese Tatsache war mir eine sehr ungewohnte Erkenntnis, da das weibliche Geschlecht normalerweise in diesen Kladden keine Erwähnung findet.

# Timm

Als Timm fünf Jahre alt wurde, schenkte ihm sein Vater die ersten Legobausteine. Es waren einfache Quader mit in einem Raster angelegten Noppen auf der Oberseite. An den Seiten waren die aus Kunststoff gegossenen Bausteine glatt. Wir kennen sie alle. Es gab die sogenannten „Einer", gelbe Bausteine mit nur einer Noppe, dann gab es die roten und weißen „Zweier, „Dreier", „Vierer" und die blauen Legosteine mit sechs Noppen. Ach ja, bei dem Grundset, das Timm geschenkt bekommen hatte, waren noch zwei flache Bodenplatten dabei. Diese waren grau und nur ein Drittel so hoch wie die Quaderbausteine. Alle Noppen waren so perfekt gegossen, dass die einzelnen Steine exakt übereinander gesteckt werden konnten. Das war sehr wichtig, denn nur durch diese Präzision war es möglich geworden, mehrere Steine so übereinander zu schichten, dass der Bau eines Turmes möglich wurde.

Timm wusste damals von dem ganzen technischen Kram nichts. Es war ihm auch pieps egal. Er wollte einfach nur „Turm bauen", wie er sich damals ausdrückte. Sein Vater war mächtig stolz auf seinen Fünfjährigen und sah ihn schon in der Tradition seines Vaters, der ein bekannter Architekt gewesen war. Timm begann sofort zu bauen. Er verschenkte keine Minute und ließ sogar die Mohrenkopftorte, die seine Mutter für ihn gebacken hatte, stehen. Alle anderen Geschenke fanden ebenfalls bei Timm keine Beachtung, was seine Großeltern etwas verärgerte. Die ersten Basissteine waren bald verbraucht, beziehungsweise zu einem ansehnlichen Turm verbaut und Timm fieberte Weihnachten entgegen. Der Junge wusste nicht, dass Weihnachten noch lange nicht vor der Tür stand und so bettelte er jeden Tag um weitere Bausätze von Legogrundsteinen. Abends, vor dem Zubettgehen betete er sogar zum lieben Gott, er möge sich doch seiner erbarmen. Das wirkte so rührend auf seine Eltern und Großeltern, dass diese heimlich beschlossen, jeden Morgen Timm eine paar Legosteine in die Hausschuhe zu schmuggeln. Und Timm türmte sie aufeinander, Tag für Tag, Monat für Monat.

Zwölf Wochen später, an Weihnachten, war es dann soweit! Das Christkind brachte ein riesiges Paket, liebevoll verpackt und mit gut lesbaren Großbuchstaben beschriftet. TIMM stand auf der Verpackung. Aber nicht lange. Der Junge riss mit einem Schwung das Paket auf und las begeistert: L-E-G-O. Die vier magischen Buchstaben leuchteten auf jedem der vier kleineren Kartons dem Buben entgegen. Darunter stand: Dänisches Baukastensystem, aus farbigen Kunststoff-Klemmbausteinen - leg godt, was so viel wie *spiel gut* heißt. Timm interessierte dieser technische Kram nicht weiter. Er wollte einfach nur einen Turm bauen. Und Tim baute und baute.

An seinem sechsten Geburtstag reichte sein Turm aus Legosteinen bis zur Decke seines Kinderzimmers. Da er zunächst nicht höher hinausbauen konnte, verbreiterte er das Gebilde um ein Vielfaches. Irgendwann füllte das Bauwerk sein ganzes Zimmer aus und er musste im Gästezimmer schlafen. Dadurch kam der Weiterbau ins Stocken. Dies sorgte innerhalb der kleinen Familie für schlechte Stimmung. Es kam täglich zu Streit und der Vater wusste sich nicht mehr anders zu helfen, als in Timms Zimmerdecke ein großes Loch bohren zu lassen. Der Familienfrieden war wiederhergestellt und der Fortsetzung des Turmbaus stand nichts mehr im Wege.

Dann kam Timms siebter Geburtstag, der durch die Deckenöffnung des Obergeschosses etwas unruhig verlief.

An Timms achten Geburtstag wurden Teile des Daches abgebaut und wieder ein Jahr später war Timms Turm das höchste Bauwerk der Gemeinde. Natürlich verlief das alles nicht unbeobachtet. Es waren zunächst die Nachbarn und Timms Mitschüler, die regen Anteil nahmen an den Bauarbeiten am Legoturm. Einige seiner Klasse wollten sogar selbst Hand anlegen, was Timm entschieden ablehnte. So manche Kinderfreundschaft ging dadurch in die Brüche. Auch die lokale und später auch die überregionale Presse besuchte die Familie und interviewte die Eltern und Großeltern, während Timm weiterbaute. So entstanden die ersten Fotodokumentationen über den Legoturm und so mancher Politiker, Psychologe, Erfinder und andere zwielichtige Gestalten gaben sich zeitweise die Klinke in die Hand.

Drei Jahre später verlangte die Luftsicherheitsbehörde, dass auf der Spitze eine Infrarot-LED-Beleuchtung installiert wurde, wie man sie von Windrädern her kannte. Eine regionale Firma für Sonnenkollektoren nutzte ihre Chance und versorgte den Turm werbewirksam mit dem dazu notwendigen Strom. Aus der ganzen Welt kamen nun Kartons und hölzerne Kisten auf denen das bekannte Logo von LEGO zu lesen war. Unter dem Emblem stand meist in den unterschiedlichsten Sprachen: Modularität entsprechend dem Baukastenprinzip. Von hoher Variabilität und Rekombinierbarkeit. Klemmbausteine aus thermoplastischem Kunststoff im Spritzgussverfahren gefertigt.

Timm war in der Zwischenzeit zwölf Jahre alt geworden und interessierte sich nun auch für diesen technischen Kram. Er hatte inzwischen zusammen mit seinem Vater den Hersteller besucht und studierte die chemisch, physikalischen und technischen Zusammenhänge in der Herstellung von Legosteinen.

Einige Jahre später erreichte der Legoturm die Höhe des Ulmer Münsters mit 161 Metern. Timm ließ es sich nicht nehmen die finalen Klemmbausteine selbst zu setzen. Damit war sein Legoturm um 11,3 Millimeter höher als der Münsterturm. Der Bürgermeister und der Gemeinderat entschieden schließlich, oben auf dem Turm eine umlaufende Besuchertribüne zu errichten. Daraus ergab sich eine vielversprechende Einnahmequelle für die Gemeinde. Timm war das egal, sofern er weiter bauen dürfe. Und Timm durfte.

An seinem achtzehnten Geburtstag feierte er seine Volljährigkeit mit einigen wenigen Freunden auf der Spitze des Turmes, der die Höhe des Empire State Building mit 443 Meter erreicht hatte. Nur zwei Jahre später feierte Timm seinen Geburtstag auf einer Höhe von über 650 Meter und hatte damit den Shanghai Tower in China überholt. Die Basis des Turmes nahm nun fast die gesamte Gemeindefläche ein und alle weiteren Bauprojekte mussten gestoppt werden. Die vormals ausgewiesenen landwirtschaftlichen Flächen, die ausgeschriebenen Industriegebiete, als auch die Wohnbebauung wurde zugunsten des Turmbaus zurückgestellt.

Die Hochzeitsfeier, Timm war nun vierundzwanzig Jahre alt, feierte er mit seiner Jugendfreundin Corinna auf dem Legoturm in einer Höhe von etwa 950 Metern. Das war Weltrekord! Für den nahegelegenen, eigens für die Touristen gebauten Flughafen, wurde in Folge der gesamte Flugverkehr angepasst und die meisten Firmen in der Region stellten ihre Produktion auf die Herstellung von thermoplastischem Kunststoff im Spritzgussverfahren um. Nun konkurrenzlos, baute Timm weiter. Der Turm wuchs und wuchs. Die Europäische Weltraumorganisation ESA, die Roskosmos, die Weltraumorganisation der Russischen Föderation, die Nationale Raumfahrtbehörde CNSA und in Teilen auch die NASA mussten den neuen Giganten aus weißem, roten und blauen Bausteinen bei ihrer Weltraumplanung mitberücksichtigen.

Als Timm mit fünfundneunzig Jahren starb, war der Turm über hundert Kilometer hoch. Zugegeben, er schwankte bei manchen Stürmen furchterregend, aber schön war er trotzdem. Er wurde zu einem Ort, an dem sich die Menschen aus der ganzen Welt treffen konnten. Auf diesem Turm, weit entfern von der realen Politik und alltäglichen Scharmützeln, fühlten sich alle Menschen gleich. Ungezwungen und befreit von politischen Einbahnstraßen, Neid, Missgunst und Hass konnte jeder die über 300.000 Stufen bis zur Turmspitze emporsteigen. Der Eintritt war frei. Das hatte Tim in seinem Testament so bestimmt. Manche der Besucher behaupteten später sogar, dass der Turm aus Legogrundsteinen bis zum Mond gereicht hätte. Dabei sollen einige sogar die Gelegenheit genutzt haben, auf dem Mond zu bleiben. Ich weiß nicht, das kommt mir aber unglaubwürdig vor.

# Wünsche

Der dicke Stapel mit Aufsätzen lag vor ihr auf dem Tisch. Sechsundzwanzig Schülerinnen hatten mitgeschrieben. Eine ziemlich zeitraubende Arbeit, die damit auf sie zukam. Sechs hatte sie schon durchgearbeitet und benotet. Der siebte Aufsatz war ungewöhnlich, das sah sie sofort. Er war von Martina, der schüchternen Martina mit den roten Haaren. Sehr wenig Text sah sie und eine farbige Zeichnung. Das war ihr bisher noch nie vorgekommen. Immerhin war Alice jetzt seit beinahe zwanzig Jahren Lehrerin. Und sie war es gerne. Sie mochte es, wenn sie in der achten Klasse zum Thema Wünsche kam. Natürlich hatte es offiziell einen anderen Titel: Berufsfindung. Oder auch: Was ich einmal werden möchte.

Bei sich hatte sie dieses Aufsatzthema immer in den Bereich der Wünsche geschoben. Es war doch auch so, dass es nicht hieß: Was ich einmal werden will, sondern, Was ich einmal werden möchte, und unter diesem möchte, verbarg sich so allerhand, auch viele mögliche Lebensentwürfe und das Sichten der eigenen Fähigkeiten.

Man wusste, auch Alice wusste es, dass Kinder sich schon früh eine Tätigkeit für sich ausdachten, natürlich ohne jedes Wissen über diese Tätigkeit zu haben oder eine Vorstellung von den Anforderungen und Voraussetzungen zum Beispiel für dem Beruf des Lokomotivführers oder einer Feuerwehrfrau.

Ja, dachte Alice, Mädchen wünschten sich heute auch nicht mehr nur Friseurin zu werden oder als Hausfrau ihr Leben zu fristen, mit vielen Kindern und einem netten Mann, mit Heim und Herd und einmal im Jahr in den Urlaub, vom jährlichen Ereignis des Muttertags ganz zu schweigen.

Sie selbst hatte schon früh gewusst, dass sie Lehrerin werden wollte, nein, Lehrerin werden würde. Darauf hatte sie hingearbeitet. Ziemlich zielstrebig. Sie wollte Kinder unterrichten, sie schlau machen, ihnen eine Perspektive eröffnen.

Als sie jetzt zurückdachte an ihre Schul- und Studienzeit, freute sie sich plötzlich darüber, dass es ihr gelungen war, dieses Ziel zu erreichen. Daran hatte sie schon lange nicht mehr gedacht. Sie rechnete nach. Seit sechzehn Jahre übte sie jetzt diesen Beruf aus und sie war immer noch zufrieden mit ihrer Entscheidung.

Sie besah sich wieder das Doppelblatt, das Martina abgegeben hatte, und las noch einmal, was da in dürren Sätzen stand: „Ich werde später Architektin werden. Schon sehr früh habe ich angefangen, Häuser zu malen. Später habe ich dann ganze Gebäude gezeichnet. Natürlich konnte ich damals die Räume im Inneren noch nicht aufteilen und darstellen. Jetzt kann ich das auch. Angefangen habe ich damit, Striche zu zeichnen. Inzwischen ziehe ich freihändig total gerade Linien, etwa so".

Unter diesem Satz war tatsächlich eine total gerade Linie gezogen. Wie mit dem Lineal, dachte Alice anerkennend.

„Irgendwann", so schrieb Martina weiter, „bekam ich einen großen Korb mit Legosteinen geschenkt. Er war von meinem Cousin, der schon groß war und sie wohl nicht mehr brauchte. Von diesem Tag an, habe ich fast nur noch mit den Legos gespielt und alles damit gebaut, was möglich war. Ich bin jetzt dreizehn Jahre alt und hoffe, dass ich meinen Beruf eines Tages ausüben kann".

Das war das Schriftliche. Darunter befand sich eine Zeichnung. Natürlich war Alice diese als erstes in die Augen gefallen, als sie die abgegebenen Blätter flüchtig durchgesehen hatte. Kurz hatte sie gestutzt, als sie die Zeichnung sah. Immerhin war ihr Fach Deutsch und bei den Blättern handelte es sich um Aufsätze.

Sie besah sich die Abbildung genauer. Ein perfekter Legostein lag vor ihr: vergrößert, perspektivisch gezeichnet und sogar koloriert. Da hatte jemand seinen Berufswunsch mit Leidenschaft dargestellt. Das war es, was Alice an ihrer Arbeit so liebte. Eine große Freude stieg in ihr auf. Sie musste lächeln und besah sich die beiden Beweise für die Voraussetzungen zum Bau von Häusern und Gebäuden noch einmal sehr genau. Perfekt, alles perfekt.

Allerdings, ihr Fach war Deutsch, nicht Kunst. Sie musste die Aufsätze benoten. Die Note für einen perfekten Strich und einen Legostein musste sie sich gut überlegen.

Ach was, überlegen, dachte sie, und notierte eine dicke Eins.

# Kein Abschied

Vor jeder Trauerarbeit steht die Beerdigung mit der anschließenden Trauerfeier. So steht es im Internet. Stilvoll von geliebten Menschen Abschied nehmen. Auch das findet man im Internet, genauso wie die Trauersprüche von A bis Z. Und da davor? Trauerkarten schreiben. Selbst gestalten mit persönlichem Portrait, umrankt mit wilden Rosen oder Rosen als Bukett. Oder verziert mit schön gewachsenen Eukalyptusbäumen oder knochigen Weiden, paarweise und auch alleine. Sinnbilder für die Ewigkeit? Doch das Leben ist nicht ewig, war es noch nie. Warum soll es hier und heute, eine Ausnahme machen? Das wäre nicht zu verstehen und auch nicht gerecht. Der Tod ist nicht fair und das Leben ist es auch nicht.

Trauerkarten auf 150 Gramm Bilderdruckpapier. Darfs auch ein Bisschen mehr sein? Besser 300 Gramm, dann steht sie besser auf dem Kamin- oder Fenstersims. Glattgestrichen oder auch nicht. Auf farbigem Papier oder kalt und weiß, wie der Mensch der gegangen war. Formate in Hülle und Fülle, alles ist möglich und natürlich auch Übergrößen wie bei Klamotten. Quadratisch, praktisch, gut, beidseitig bedruckt und als Klappkarte, im Hoch- und Querformat. Offsetdruck, Kunstdruck metallisch und auch Kunstdruck Leinen. Alles was der Kunde in seiner Verzweiflung sucht. Nur der Verstorbene fehlt. Er war einmalig, ein Unikat und kein Druck. Und dann noch ganz exquisit: Eine Trauerkarte mit Einlegeblatt.

Doch auch das wird nicht reichen. Ein Einlageblatt ist viel zu wenig. Es müssten schon zwei, drei, viele sein, um das zu schreiben, was ich hätte sagen sollen. Jetzt ist es zu spät, viel zu spät. Jetzt bleiben nur noch der Trauerflor, die Trauersprüche, die Trauermusik, der Trauergottesdienst und vielleicht noch die Trauerweide im nächsten Jahr.

Das ist mir alles zu viel! Zumindest jetzt, in diesem Moment. Was ich will? Ich will dich zurückhaben, diesen einen Menschen. Ich will nicht Abschied nehmen. Nein das will ich nicht. Gib ihn mir wieder! Der Tod ist scheiße! Er kommt immer als ungeladener Gast und mein Herz ist fast tot. Als die Nachricht kam, zerriss es mich fast. Wie konntest du nur gehen? Warum gerade du und jetzt. Ich wollte doch noch Abschied nehmen. Für Verzeihung ist es nun zu spät, du bist zu früh – gegangen. Ich vermisse dich und hasse mich dafür, dass ich es jetzt erst merke.

Und es stimmt nicht! Man kann nicht einfach sagen: Ja das Leben geht weiter. Scheiß drauf! Wer so etwas sagt, hat nicht geliebt.

Und ich weiß jetzt: Jeder sollte seinen Lieben sagen, wie sehr er sie liebt. Vertragen, verzeihen, gemeinsam leben, denn irgendwann ist es zu spät. Auch das steht im Internet.

# Der Gast

Der Mann am Fenster wartet. Man sieht es ihm an. Er wartet auf etwas oder auf jemanden. Er sitzt an einem Zweiertischchen und hat die Beine übereinandergeschlagen. Irgendwie locker und doch angespannt. Seine Jacke hat er an einen Haken gehängt, in der Garderobe. Wie es sich gehört. Er hat sich auf diesen Platz gesetzt, zielstrebig, als gehörte er hier her. Jetzt greift er nach der Speisekarte. Doch ehe er sie studiert, geht sein Blick hinaus, über die Dächer hinweg, hin zum Dom, der in der Nähe seinen gewaltigen Turm emporreckt, fast bis zu den Wolken. Es ist ein diesiger Tag heute. Die Sonne scheint sich hinter all dem Grau wohlzufühlen. Sie macht mit keinem noch so winzigen Strahl Hoffnung auf Änderung.

Der Mann kehrt zurück zu der Karte in seiner Hand, die anzeigt, womit die Küche dient. Auf diesen Augenblick hat Pablo, der Kellner, gewartet. Das Lokal ist leer zu dieser frühen Tageszeit. Der Kellner hat also Muße, den Gast zu betrachten. Er überlegt, was dieser wohl in der Stadt zu tun hat, gut gekleidet, wie er ist. Pablo hat bei der Begrüßung seine teuren Schuhe wahrgenommen. Könnte ein Geschäftsreisender sein. Allerdings hat er keinerlei Gepäck dabei, nichts. Weder Koffer noch Computertasche. Wieso sollte er dann von auswärts kommen? Er könnte doch in der Stadt wohnen, und einfach zum ersten Mal im Café sein. Aber Pablo hat so ein Gefühl, dass dieser Mann nicht von hier ist. Wäre er öfter hier in der Gegend, würde Pablo ihn kennen. Er hat ein gutes Gedächtnis für Gesichter. Diesen schmalen, feingeschnittenen Kopf hätte er sicher nicht vergessen.

Der Mann winkt. Pablo findet, dass er freundlich aussieht. Seine Augen blicken ihn aufmerksam an, als er seine Bestellung aufgibt. Pablo beeilt sich, das Gewünschte zusammenzustellen. Ein kleines Frühstück soll es sein. Es hätte ihn sehr gewundert, wenn der Gast ein großes oder gar ein Luxusfrühstück bestellt hätte. Klein und fein, das passte zu ihm.

Als alles auf dem Tisch steht, greift er nach der Kaffeetasse und bricht sich umständlich ein Stück des Gebäcks ab. Er scheint nicht sehr hungrig zu sein. Während er von seinem Cappuccino trinkt, blickt er weiter hinaus in die Umgebung. Pablo lässt ihn in Ruhe. Er hat wenig zu tun, kümmert sich um die Spülmaschine und poliert die Gläser nach, bevor er sie in die Vitrine ordnet. Glas um Glas. Irgendwie beunruhigt ihn dieser Gast. Er hätte nicht sagen können weshalb. Er hätte zu gerne gewusst, was dieser Mann in der Stadt macht, woher er kommt, wohin er geht. Reisende interessieren ihn. Er selbst ist hier gestrandet, in dieser Stadt, und ist, seit er mit Olivia zusammen ist, noch fester als zuvor verwurzelt. An Reisen ist für ihn im Augenblick nicht zu denken. Der Gast am Fenster hat sein Gebäck verzehrt. Pablo sieht es vom Tresen aus. Er nimmt das Tablett mit den Tischvasen, gefüllt mit je einer kleinen Knospe von Pfingstrosen und geht, um sie auf den Tischen zu verteilen. Vera, seine Kollegin, hat ein Händchen dafür. Sie hat die Vasen in der Küche gerichtet. Pablo verteilt sie, eine auf jeden Tisch. Als er bei seinem Gast ankommt, fragt er, ob alles in Ordnung sei und ob er noch etwas wünsche.

„Sie haben umgebaut", entgegnet der Mann und zeigt in die Runde. Pablo ist überrascht. Er weiß von keinem Umbau. Er arbeitet erst seit einem halben Jahr hier.

„Früher war ich öfter hier", sagt der Mann mit ruhiger Stimme, „mindestens zweimal die Woche." Er klopft, als er das sagt, leicht mit den Fingerspitzen auf die Tischplatte.

Nervös, denkt Pablo und fragt: „Gefällt es ihnen?"

„Die Aussicht ist ja geblieben, so hoch zwischen den Dächern, das findet man nicht oft." Der Mann sieht während er spricht, nicht an. Er zeigt mit der Hand hinaus Richtung Turm. Also, es gefällt ihm nicht, denkt Pablo und als der Gast verstummt, fragt er, ob er noch etwas für ihn tun kann.

„Ich würde bezahlen", sagt er und zieht seine Geldbörse. Das Trinkgeld ist ordentlich.

Als Pablo sich entfernt, ruft er ihm nach: „Ich hätte noch gerne die Tageszeitung, die hiesige, wenn sie die haben."

Natürlich haben wir die hiesige, was denn sonst, denkt Pablo. Bei dem schlechten Besuch in den letzten Monaten auch noch eine zweite Zeitung abonnieren, das geht ja gar nicht. Aber das spricht er nicht aus. Er holt das Blatt, das er ganz altmodisch noch in den hölzernen Zeitungshalter klemmt.

Schade, er weiß immer noch nicht viel über den Gast. Der hat ihm nur ein paar Brocken hingeworfen. Was soll er damit anfangen? Er war also früher oft hier, jetzt aber schon längere Zeit nicht mehr. Den Umbau hat er, haben sie beide, nicht mitgekriegt. Pablo wischt über den Tresen. Er denkt jetzt an Olivia und dass sie bald in die Klinik muss. In drei Tagen ist Termin. Sie spürt noch nichts, schläft aber ziemlich schlecht. Er gähnt. Wie soll das werden, in den nächsten Tagen? Natürlich freut er sich, aber es macht ihm auch Sorgen. Langsam könnte der Gast jetzt gehen, dann könnte er Olivia anrufen.

Pablo beobachtet den Gast, wie er in der Zeitung liest und blättert. Da sieht er, wie der Mann zusammenzuckt. Er sieht es ganz deutlich. Seine lässige Haltung ist verschwunden. Er beugt sich nahe zur Zeitung hin, als wollte er aufsaugen, was ihm da in die Augen springt. Er zieht das Blatt näher zu sich. Sein Oberkörper beugt sich tief und tiefer nach vorne. Pablo wundert sich. Der Mann hat einen ganz vernünftigen Eindruck gemacht. Was ist da los? Jetzt zucken seine Schultern und sein Kopf sinkt auf die Zeitung. Der weint ja, stellt Pablo bei sich fest, der Mann weint! Pablo ist verwirrt und fühlt sich hilflos. Was soll ich tun? Ich kenne ihn ja nicht. Am besten lasse ich ihn weinen, bleibe einfach hier und warte. Er wendet sich ab und geht für kurze Zeit in die Küche.

„Der Gast weint", sagt er zu Vera, „er hat etwas in der Zeitung gelesen, und jetzt weint er".

„Komische Gäste hast du!" Vera nimmt ihn nicht ernst. Sie sieht ihn abweisend an und schüttelt den Kopf. Sie glaubt ihm nicht. Seit er mit Olivia zusammen ist, ist sie nicht mehr sehr freundlich zu ihm. Auch egal, denkt er. Pablo wartet noch eine kurze Zeit. Als er in den

Gastraum zurückkommt, ist der Mann verschwunden. Neugierig besieht sich Pablo das Zeitungsblatt, das noch aufgeschlagen auf dem Tisch liegt. Eine Stelle ist ganz durchnässt und er kann die Schrift nur mit Mühe entziffern. Eine Todesanzeige. Verstorben ist eine Frau, eine gewisse Kira Schneider, an einer kurzen, schweren Krankheit, wie hier steht. Sie war erst fünfundvierzig Jahre alt. Nicht alt, denke Pablo, und, sie scheint dem Gast viel bedeutet zu haben, wenn er so viele Tränen für sie übrig hat. Vielleicht, denkt er, war sie, diese Kira, damals vor vielen Jahren mit ihm hier gesessen, hier im Café. Vielleicht hatten sie zusammen auf die Dächer geschaut und sich in die Augen gesehen. Vielleicht waren sie verliebt. Ganz sicher, sie mussten verliebt gewesen sein, bei so vielen Tränen.

Pablo fühlt plötzlich eine Trauer in sich aufsteigen, wie damals, als er die Koffer packte und der Himmel wie von einem grauen Vorhang bedeckt war. So wie heute. Ein tiefes Mitgefühl packte ihn, für einen Mann, der dankbar dafür war, dass in all den Jahren wenigstens die Aussicht auf die Dächer und Türme nicht verschwunden war. Langsam und sorgfältig faltet er die Zeitung zusammen.

Ich muss telefonieren, denkt er in sein Bedauern hinein. Und ihn überkommt eine große Freude auf das, was vor ihm liegt. Olivia wartet.

# Rohrpost

Harry und Gudrun arbeiteten in derselben Verwaltung. Rathaus Kleinbünden stand über dem Eingang des einen, Tourist Information über dem Eingang des anderen Gebäudes. Eine Durchgangsstraße trennte die beiden Häuser. Harry war ein eingefleischter Junggeselle. Er war von der Damenwelt begehrt, aber durch seine Schüchternheit vermasselte er ein Date nach dem anderen. Sein Leben spielte sich in den Räumen des Kulturbüros ab und gelegentlich sah man ihn bei diversen Stadt- und Kulturereignissen, die er rein dienstlich besuchte. Ansonsten wurde er kaum wahrgenommen.

Gudrun war das, was man ein Mauerblühmchen nennt. Dieser Begriff entstammt bekanntlich dem Bild einer einzeln an der Mauer wachsenden Blume, die ihr Dasein einsam fristet. Das war Gudrun, ein unscheinbares Mädchen, das von Männern kaum beachtet wurde. Aber wie fast jedes Blümchen irgendwann erblüht, war Gudrun in der Tourist Information von Kleinbünden eine Institution. Niemand kannte den Ort mit seinen doch sehr bedeutenden Ausgrabungen alter römischer Anlagen und den dazugehörigen Artefakten so gut wie sie.

Begegnet sind sich Harry und Gudrun nie so richtig, obwohl ja nur eine Ortsdurchgangsstraße ihre Arbeitsplätze voneinander trennte. Und doch! Sie kannten sich besser als so manches Ehepaar nach zehn Jahren Ehe. Denn unter der Durchgangsstraße verband die beiden städtischen Einrichtungen ein niedriger Tunnel und eine altertümliche Rohrpostanlage aus den achtziger Jahren. Um die Wege der Angestellten abzukürzen, wurde damals eine vierzig Meter lange Untertunnel-ung gebaut, die noch immer als Express-Postweg genutzt wurde. Mittels Druckluft wurden zylindrische Behälter durchgepresst, jedoch nicht immer nur für rein dienstliche Gegenstände. Und so nutzten auch Harry und Gudrun diesen kurzen Dienstweg, um sich täglich über Dienstliches und Privates auszutauschen.

Oft waren es äußerst banale Fragen, die eher von Langeweile zeugten: Wann hast du heute mit dem Dienst begonnen? Was hast du zum Essen dabei? Gehst du heute wieder in die Volkshochschule zum Englischkurs? Aber auch persönlichere Fragen machten sich auf den kurzen Weg unter der Ortsstraße hindurch: Was hast du heute für eine Hose an und welche Farbe hat sie? Warst du gestern beim Augenarzt und was meinte der? Hast du den Rasenmäher endlich gekauft und schon ausprobiert? Auch leicht Frivoles wurde pneumatisch durch die Röhre geschickt: Trägst du heute wieder dieses schöne Top mit den Spagettiträgern? Schaut dir die Tussi vom Empfang immer noch so gierig hinterher? Die Antworten blieben meist nicht lange aus und so entwickelte sich von Montag bis Freitag ein reger Austausch mit den unterschiedlichsten Anliegen. Wenn einer der beiden einen forschen Vorstoß wagte, wie zum Beispiel die Frage: Sollen wir uns auf dem städtischen Herbstfest treffen oder, kommst du mit auf den Abschlussfest der Dozenten der Volkshochschule, wurde das von der anderen Seite immer verneint. Vielleicht war der Grund dafür nur die Schüchternheit der beiden oder vielleicht die Angst, dass nach einem persönlichen Treffen die Welt eine andere sein könnte, oder dass das Verschicken von Rohrpostzylindern langweilig werden oder sogar einschlafen würde? Vielleicht war es auch die Sorge, dass etwas Vertrautes verloren gehen könnte? Denn diese ungewöhnliche Art von Begegnung hatte etwas von einem Versteckspiel, das bislang bei aller Neugierde immer eine gewisse Distanz aufrechterhielt, eben diese vierzig Meter unter der Durchgangsstraße hindurch.

Dann kam dieser Freitagmittag. Gegen dreizehn Uhr klingelten die Telefone bei fast allen Dienststellen im Rathaus und in der Tourist Information von Kleinbünden. Ein Amokläufer bedrohte eine Sachbearbeiterin der städtischen Sozialabteilung im Rathaus. Alle Mitarbeiter wurden dringend dazu aufgefordert, entweder die Bürotüren zu verschließen und sich unter den Schreibtischen in Deckung zu bringen oder sich unverzüglich in den Tunnel unter der Durchgangsstraße zu begeben.

Gudrun hatte noch überlegt, welchen schützenden Raum sie aufsuchen sollte. Ihre Arbeitskollegin hatte sie dann schließlich mit in den Tunnel geschoben. Auch Harry überlegte einen Augenblick lang. Fast hätte er noch einen Rohrpostzylinder mit einer Warnung an Gudrun abgeschickt. Doch der Bürgermeister wurde bei seiner Flucht angeschossen und so entschied sich Harry, der gerade in seiner Nähe war, seinen Vorgesetzten im Tunnel unter der Straße in Sicherheit zu bringen. Dort begegneten sich Gudrun und Harry. In dieser brisanten und aufgeheizten Stimmung kamen sie sich schnell näher. Sie sahen es als ihr gemeinsames Schicksal an, dass sie unter solch widrigen Umständen zusammengefunden hatten. Wie in einem Zeitraffer erzählten sie sich mit glühenden Wangen alles, was sich in ihrem Leben in den vergangenen Jahren Wichtiges ereignet hatte. Und da hatte sich eine Menge angestaut, sodass die beiden sogar die Entwarnung des Anschlages verpassten. Da sie sich weiter diesem geheimen Zauber hingeben wollten, verabredeten sich für den Abend. Daraus war eine enge Beziehung entstanden und acht Monate später war Gudrun schwanger. Sie ließ sich bei der Tourist Information beurlauben und die beiden zogen in eine gemeinsame Wohnung.

Harry vermisste zu Anfang die tägliche Verschickung der Rohrpost ins andere Gebäude. Sein Arbeitsalltag war langweilig geworden, denn er hatte seinen alltäglichen Höhepunkt verloren. Dieser hatte sich in sein neues Zuhause, zu der kleinen Familie, verschoben.

# Rabenfutter

Es war das Krächzen eines Raben, das Nana in den Kopf drang. Es war dieses schauderhafte, harte, langanhaltende Schnarren eines Ungeheuers das sie töten wollte. Sie konnte es geradezu spüren, konnte es sehen. Sie fühlte ihre Augen sich weiten, um das Schwarz des Federkleides hineinfluten zu lassen. Gleichzeitig versuchte sie verzweifelt, ihre Lider zusammenzupressen. Es konnte ihr nicht gelingen, sie wusste es. Das Schwarz sperrte die Augenbögen nach oben und unten, als würden geheime Kräfte sie auseinanderzerren. Zugleich stieg eine Angst in ihr auf, eine unbezähmbare Angst. Das Gefühl, diesem Tier ausgeliefert zu sein, zog sich über sie hin wie ein alles erstickendes, dichtes Tuch.

In ihrer Todesangst schnappte sie nach Luft und mit diesem Atemstoß schoss sie empor aus ihrem Traum, hinein in das Frühlingslicht, das durch das Dachfenster flutete.

Sie saß aufrecht in ihrem Bett und blickte verwirrt um sich. Wo war die Schwärze geblieben, wo der grausame Ton des nahen Todes? Langsam kam sie zu sich, sah den Traum als Traum. Dennoch wunderte sie sich über das schreckliche Krächzen und die Bedrohung und die Angst, die sie ausgestanden hatte.

Da fiel es ihr wieder ein. Das Vogelnest am Haus gegenüber. Sie hatte alles beobachtet, den Nestbau und dann das eifrige Wärmen der vier Eier. Kunstvoll hatten die Vogeleltern Halme und Zweiglein und Haare und Federchen mit ihren Schnäbeln zusammengetragen.

Als Nana das erste Mal die beiden Amseln auf dem Rohr sitzen sah, dachte sie nicht, dass dort ein Nest entstehen könnte. Kein Vogel würde doch auf die wahnsinnige Idee verfallen, auf der Abzweigung des Regenrohres ein Nest anzulegen! Und doch, die beiden Amseln kamen durchaus auf diese Idee. Sie flogen fort und herzu und ganz langsam entstand ein fein geflochtenes, innen zart gepolstertes Nest, halbrund wie die Hälfte eines großen Eies. Und es schien gut verankert zu sein im metallenen Dreieck der Rohre.

Die Vollendung des Bauwerks hatte sie nicht mitbekommen und auch das Legen der Eier war ihr entgangen. Schade, hatte sie gedacht, jetzt habe ich so aufgepasst und es doch versäumt. Nana arbeitete notgedrungen zu Hause und war öfter kurz ans Fenster getreten, um die frische Luft zu genießen und den Garten in seiner frühen Pracht zu bewundern. Ein ungeheures Grün spitzte aus den Beeten, Tulpen, Narzissen, gelbe Osterglocken und sogar die Pfingstrosen zeigten ihre ersten Triebe. Auch die Blätter des Efeus, der sich am Regenrohr gegenüber emporrankte, glänzten in einem frischen, dunklen Grün und zeigten feine, hellgrüne Triebe. Gut, dass sie noch nicht bis zum Nest rankten, dann hätte Nana diesen Nestbau nicht so sorglos beobachten können.

Sie hatte es nicht versäumt, auch immer nach den neuen Hausgästen zu sehen. In dieser Zeit der kommunikativen Abstinenz, war jede Abwechslung willkommen. Es konnte ja sein, dass das Eierlegen eine intime Sache war und auch wenn sie von oben auf das Nest sehen konnte, wäre es sicher durch die aufgeplusterten Vogelfedern verdeckt gewesen. Jedenfalls lagen die Eier jetzt im Nest. Nana hatte beim Brutwechsel die Zahl der Eier entdeckt. Vier formvollendete, winzige, zartgrüne Eier lagen in einem Bett aus feinem Flaum. Es war ihr eine Freude, die beiden Vogeleltern bei ihrem Brutgeschäft zu beobachten. Einen Tag nach Anbruch der dritten Woche, sah sie die Amselmutter in Aufregung auf dem Rand des Nestes sitzen. Zu ihren Füßen zerbrachen die kleinen Eier und die noch klebrigen Vogelküken befreiten sich mühsam von den Resten der Schalen. Jetzt waren sie also in der Welt und waren für Nana ein winzig kleines Wunder.

Für die Vogeleltern hieß es jetzt Nahrung in Fülle herbeizuschaffen. Sie flogen auf und zu und fütterten was das Zeug hielt. Die kleinen Schnäbel streckten sich soweit es ging und Nana sah ihre roten Kehlen und hörte die hungrigen Schreie.

Die Amseln schienen sich nicht weit zu entfernen, denn als Nana eines Tages eine herbeischleichende Katze verscheuchte, waren sie gleich zur Stelle um nach ihrem Nachwuchs zu sehen. Dann kam der Tag, als der Rabe sich ankündigte. Sie hatte noch gedacht, was ist das für ein Lärm? Wer schreit denn da so schrecklich? Und dann hatte sie ihn gesehen, einen großen, schwarzgefiederten Gesellen, hoch oben auf dem Dachfirst des Nebenhauses. Und er hatte gierig zum Amselnest geschaut, da war sie sich ganz sicher. Schnell hatte sie sich einen Topf und einen Löffel gegriffen und ihn mit viel Lärm vertrieben.

Das war vorgestern am frühen Nachmittag gewesen und jetzt war ihr dieser Vogel im Traum erschienen. Er war es, der sie so bedrängt hatte. Sie atmete noch einmal heftig aus. Gut, dass sie erwacht war.

Plötzlich ergriff sie die Befürchtung, dass das alles kein Traum gewesen sein könnte. Hastig sprang sie auf und stürzte zum Wintergarten. Ihre Vögel, wo waren ihre Vögel? Das Nest war leer. Oh nein, das durfte nicht wahr sein. Er hatte sie geholt! Der schreckliche, riesige, schwarze Vogel hatte sie sich geholt. Und sie hatte nicht eingegriffen, hatte den Raub verschlafen.

Noch während sie das dachte, hörte sie das durchdringende Piepsen der kleinen Amseln. Sie brauchte nicht lange zu suchen, mit kleinen Abständen saßen sie tatsächlich alle vier auf dem dünnen Metallrohr, das von der Regenrinne zur Wassertonne abging. Sie lebten und sie schrien durchdringend. Und die Amseleltern flogen hin und zu und stopften ihre Beute in die hungrigen Schnäbel.

Nana war sehr erleichtert und beobachtete die Fütterung mit großer Freude. Der Rabe hatte sich für dieses Mal wohl eine andere Futterstelle gesucht. Ihr Traum war doch kein Hinweis auf irgendwelche schrecklichen Ereignisse gewesen. Die kleinen Vögel blieben nicht lange im Nest. Schnell wurden sie flügge und verschwanden ins Unbekannte. Nana vermisste sie sehr.

# Im Schuppen

Den Nachlass meines Großvaters hatte ich im Wesentlichen geregelt. So wie er es gewünscht hatte. Seine Vermögenswerte und auch seine persönlichen Gegenstände waren entsprechend seines Testamentes verteilt. Nur der kleine Schuppen in seinem Garten musste noch ausgeräumt werden, bevor der neue Besitzer Haus und Garten übernehmen konnte.

Ich kannte die Holzhütte sehr gut. Oft verbrachte ich die Ferien bei meinen Großeltern und dieser etwas baufällige Schuppen war mein heimliches Versteck gewesen. Nun musste ich es ausräumen und mir war, als würde ich ein kleines Geheimnis lüften.

Zwei Tage dauerte es um die Hütte leerzuräumen. Das Meiste musste ich entsorgen und ein paar Gegenstände fanden einen neuen Besitzer. Zum Ende meiner Aufräumaktion fand ich einen verschlossenen Schuhkarton. War das ein geheimes Versteck meines Großvaters, von dem bislang niemand etwas wusste? Vielleicht bis oben gefüllt mit Banknoten, von einem lange zurückliegenden Banküberfall? Bevor meine Fantasie ganz mit mir durchgehen konnte, öffnete ich den Karton. Zahllose Fotografien lagen ungeordnet übereinander. Das oberste Foto zeigte einen alten Mann und ein kleines Kind in augenscheinlich großer Vertrautheit. Dieses Bild faszinierte mich einerseits und gleichzeitig befremdete es mich. Ich setzte mich auf einen alten hölzernen Schemel und versuchte hinter das Geheimnis der Aufnahme zu kommen.

Der alte Mann hatte silbergraues Haar und eine hässliche Nase mit wuchernden Warzen. Sein gütiger Blick war nach unten zu dem Kind gerichtet, das sich eng an den Mann zu schmiegen schien. Das Kind war vielleicht fünf Jahre alt, hatte hellgelocktes Haar und ein glattes Näschen, wie von Meisterhand aus Marzipan modelliert. Sein Blick ging nach oben und es war leicht zu erkennen, dass es voller Vertrauen war. Seine Kleidung und auch die des Mannes erschien mir äußerst altmodisch. Sie war irgendwie aus der Zeit gefallen. Mir war sofort klar, dass dieser alte Mensch nicht mein Großvater sein konnte und auch das Kind nicht meiner Familie zuzuordnen war. Der Greis sah wohl schon den Tod vor sich, so wie er dem Kind in die Augen schaute, ging mir durch den Sinn. Und das Kind schien das Abschiednehmen des Alten zu spüren. Meine Annahme wurde durch den Hintergrund der Fotografie noch bestärkt. Dort befand sich ein geöffnetes Fenster mit einem freien Blick auf eine Naturlandschaft. Ein Weg schlängelte sich einen Hügel zu einer Kirche hinauf. Der Pfad war für mich eine Metapher des Lebens, das auch nicht immer gerade und linear verläuft. Im vorderen Teil der Landschaft war ein bewaldeter grüner Hügel mit toskanischen Bäumen erkennbar. Dahinter ein baumloser, grauer Berg. Noch eine Metapher, dachte ich. Die Natur zeigt uns ihren Weg vom Erblühen bis hin zum Absterben. Die verschlossenen Lippen des Mannes und seine Falten mit einer weiteren Warze an der Schläfe, standen in auffälligem Kontrast zu dem leicht geöffneten Mund und der glatten, prallen Haut des Kindes. Auch befand sich der Mann im Schatten, seitlich vom Fenster, während das Kind direkt vor dem offenen Fenster saß. Lauter Gegensätze, überlegte ich. Mir wurde klar, dass dies alles keine Zufälle sein konnten. Es war eine penibel arrangierte Situation, die der Fotograf inszeniert hatte. Doch wer war der Alte, wer war das Kind und wie kam mein Großvater zu dieser Fotografie?

Ich konnte das Rätsel zunächst nicht lösen und irgendwann vergaß ich das Foto. Jahre später, ich war auf einer Studienfahrt in Paris, besuchte ich den Louvre. Dort wurde ich durch eine zweite Begegnung mit der Abbildung aus Großvaters Schuhkarton überrascht. Ich konnte es erst gar nicht glauben! An der Wand im Museum hing ein gemaltes Bild, das der Fotografie vollkommen glich. Wie kam Großvater zu dieser Fotografie? Ich wusste auch nicht, dass er sich für Kunst interessierte. Erst jetzt erinnerte ich mich, dass er im Krieg in Frankreich, in der Nähe von Paris, stationiert war. Ungern hatte er von dieser fürchterlichen Zeit gesprochen. Und ich fragte mich, ob diese wunderbare Fotografie ihm geholfen hatte, einen Rest Schönheit aus dem kriegerischen Grauen mitzunehmen.

An der Wand hing neben dem wirklichkeitsnahen Ölbild ein kleines Schild, auf dem zu lesen war: Der Künstler hat wahrscheinlich das Portrait des Mannes nach Studien vollendet, nachdem dieser bereits verstorben war. Wer er genau war, ist nicht bekannt. Der hier gezeigte Realismus ist für das Ende des 15. Jahrhunderts ungewöhnlich. Und auch heute befremdet die knollenartige Nase, die den Greis entstellt. Ob es sich bei dem Kind tatsächlich um sein Enkelkind handelt, wie der Titel uns glauben machen will, ist in der Forschung umstritten.

Porträt eines alten Mannes mit einem Enkel
von Domenico Girlandaio, 1488.

# Der Birnbaum

Manch einem, der sich daran macht, aufzuräumen in seinem Leben, geht es möglicherweise so, dass er auf Dinge stößt, die er bisher nicht wahrgenommen oder die er möglicherweise auch vergessen hatte. Wie soll man ein Foto wahrnehmen, das in einem Karton unter vielen seinesgleichen schlummert und doch etwas Besonderes ist? Ach, schau an!, sagt man dann, wie kommt denn dieses Foto in meine Kiste?

Gustav sagte das auch, als er den Packen mit den vielen bunten Belegen für Urlaube und Familienfeste durchblätterte. Was stiegen da die Erinnerungen empor: Er sah Waldränder und lauschige Parkwege, Schlösser und Kirchen, Seen und Flüsse, Hausgärten, Wohnzimmer, Straßen und Wege und dazu die Menschen, große und kleine in Freizeitkleidung und in festlichen Roben. Und seine Lisa, mit der er so lange gelebt hatte und die nun schon einige Jahre nicht mehr war.

Ja, er kannte die Landschaften und die Anlässe der Feste und Feiern. Viele dieser Erinnerungen hatte er selbst festgehalten. Das sah man daran, dass er selbst fehlte, oder dass er zerzaust und mühsam lächelnd an den Bildrand gequetscht war, wenn er den Selbstauslöser eingestellt und dann hastig in letzter Sekunde die auf ihn Wartenden erreichte. Sein ganzes Leben lang, hatte er gerne fotografiert und vieles festgehalten, was ihm heute nicht mehr wichtig und des Archivierens würdig schien.

Gustav räumte auf. Weshalb sollten die Kinder und Enkel sich mit dem alten Kram befassen, wenn er es einmal nicht mehr konnte. Sie fotografierten auch, hielten jedoch ihre Fotos im Computer fest. Seit einigen Jahren tat er das auch. Aber er sortierte und löschte mehr als zuvor und er druckte immer eine Reihe von Bildern aus, um sie in einem kleinen Album anschauen zu können, wenn er Lust darauf hatte. Die Alben und Ordner im Fotoprogramm brauchte er nicht durchzusehen, sie waren dann, wenn es soweit war, mit einem Klick zu löschen. Das ist also mein Leben, dachte er und freute sich an den Erinnerungen, die aus den schmalen, glänzenden Papierstreifen aufstiegen.

Dann fischte er vom Boden des Kartons noch ein Foto heraus, das ganz im Verborgenen unter all den anderen geschlummert hatte.

„Ach, schau an", sagte er überrascht. Da kam ein Foto ans Licht, das ganz und gar nicht in die Reihe der angenehmen, festlichen Erlebnisse passte. Es zeigte einen Mann, friedlich in seinem Sarg ruhend, den Großvater. Gustav erkannte ihn sofort. Die Tanten hatten ihn damals gebeten, ihn auf seinem letzten Ruhebett für sie und die Nachwelt festzuhalten. Da lag er, angetan mit Hemd und dunklem Anzug den Kopf auf einem weißen Kissen, mit Spitzen besetzt und sah sehr friedlich aus. Gustav konnte sich noch gut an den Tag erinnern. Ein Sommertag war es gewesen, als man den Großvater in seinem Sarg zu Grabe getragen hatte. Die Großmutter und die Tanten und Onkel mit ihren Männern und Frauen, die Vettern und Basen und viele, viele entfernte Verwandte und die Kollegen aus der Fabrik, hatten den Trauerzug zum Friedhof am Rand des kleinen Ortes begleitet.

Beim anschließenden Leichenschmaus im Gasthof zur Traube, war es hoch hergegangen. Unangenehm war das nicht gewesen, aber durch die vielen Enkelkinder, die sich nicht bändigen ließen, war es turbulent zugegangen. Eigentlich gut so, dachte Gustav, das Leben lässt sich eben nicht in eine Kiste packen, der Tod schon.

Als er das Gesicht des toten Großvaters noch einmal genauer anschaute, stieg unerwartet ein anderer Sommertag vor ihm auf. Es war schon gegen Abend gewesen. Er und zwei seiner jüngeren Vettern hatten den Nachmittag über am Haus und im Garten herumgetollt. Sie waren ohne Ende den Wiesenhang nach oben und wieder hinuntergerannt. Sie hatten auf der Streuobstwiese des Nachbarhofes mit langen Stöcken eine Höhle gebaut in die sie hineinkriechen konnten. Später hatten sie dann mit viel Geschrei im Wassertrog ihre mageren Körper gekühlt und gesäubert. Dann hatte es Abendbrot gegeben und die beiden jüngeren Vettern wurden von der Großmutter ins Haus geholt um schlafen zu gehen. Da hatte der Großvater ihn hochgehoben und neben sich auf die Bank am Haus gesetzt. Gustav erinnerte sich, dass er, als er anfing mit den Beinen zu schlenkern sagte: „Sitz still", und er hatte gehorcht und war stillgesessen, ganz still. Er dachte auch daran, wie das sonnenwarme Holz der Hauswand in seinem Rücken, seinen ausgekühlten Körper gewärmt hatte. Der Großvater hatte sich eine Pfeife gestopft und angezündet und in den Garten hineingeschaut, zu all den Sträuchern und Blumen, zu den Rabatten mit dem Gemüse, zum Hühnerhaus hin und dem Holunderbusch in der Tiefe. So waren sie zusammengesessen und der Abendhimmel war immer mehr zu einer tiefblauen, samtenen Hülle geworden. Langsam waren die Vögel verstummt und die Stille hatte sich über alles gebreitet. Und um sie beide war nur der feine Geruch der Tabakpfeife gewesen. Ja, so waren sie gesessen, er und der Großvater, nur sie beide, nebeneinander.

Mehr hatte der Großvater in dieser halben Stunde zu ihm nicht gesagt, nur: „Sitz still!", und er war stillgesessen. Jetzt dachte er daran, welchen Heidenrespekt er vor diesem großen, alten Mann gehabt hatte. Obwohl er nie laut wurde, brauchte er nur etwas zu sagen und alle Kinder dämpften ihre Stimmen.

Großvaters ganze Liebe war der Birnbaum, der an einem Spalier am Häuschen der Großeltern emporwuchs. Es war streng verboten, sich eine der Birnen zu pflücken. Das durfte nur der Großvater selbst. Eines Tages hatte er eine reife Birne gepflückt und sie Gustav gegeben. Es war ein gutes Gefühl gewesen. Von diesem Tag an hatte Gustav keine Angst mehr vor ihm gehabt.

Noch einmal betrachtete er das Foto: den toten Großvater in seinem Festtagsanzug, das friedliche Gesicht mit den geschlossenen Augen, die Blumengestecke ringsum. Dieses Foto brauchte er nicht aufzubewahren, diese Erinnerungen waren nur seine, niemand würde sie kennen, nur er. Mit einem warmen Gefühl des Abschieds legte er den Großvater zu den anderen Fotos in den Papierkorb.

Wie es bei mir wohl einmal sein wird, dachte Gustav lächelnd, wenn ich gehen muss. Vielleicht lebte er ja noch ein paar Jahre, dann wären seine Enkelkinder auch schon wieder groß und erwachsen. Ob sie ihn dann wohl auch fotografieren würden?

# Kleiner Friedrich

Er kannte jeden Grashalm. Friedrich Klein ging hier in der Nähe in den Kindergarten und zur Schule, bevor er mit dreiundzwanzig Jahren seine Geburtsstadt verließ, um Architektur zu studieren. Vor zwanzig Jahren.

Jetzt stand er wieder in dem kleinen Stadtpark, der menschenleer schien. Die eiserne Schaukel hatte in der Zwischenzeit einen neuen Farbanstrich bekommen und auch die Rutschbahn hatte eine Veränderung erfahren. Sie war nicht mehr aus Aluminiumblech, sondern wurde durch eine grellfarbige Kunststoffschale ersetzt. Der ehemalige Holzrahmen des Sandkastens muss ebenfalls erneuert worden sein. Ein an den Ecken abgerundeter Kunststoffrahmen umfasste nun den hellen, feinkörnigen Sand. Für Friedrich war das in Ordnung. Dass aber die drei mächtigen Kastanienbäume nicht mehr im Park standen, traf ihn hart. An ihrer Stelle wuchsen drei jämmerlich anzuschauende Buchen, mit einem Maschendraht geschützt. Am Rand des geschotterten Weges waren in der Zwischenzeit in regelmäßigen Abständen gebogene Parkleuchten aufgestellt worden, die mit allerlei Zetteln beklebt waren. An einer der Leuchten hing ein Metallschild mit der Aufschrift: *Der Park ist von neun Uhr bis siebzehn Uhr geöffnet.* Das spärliche Gras war wohl vor kurzem gemäht worden. Dazwischen waren einige Stellen durch frisch gesäten Rasen ergänzt worden. Mehrere kleine Schilder waren in den Boden gerammt, auf denen immer der gleiche Satz stand: *Das Ballspielen auf dem Rasen ist verboten!* Mit Ausrufezeichen am Ende des Satzes! Friedrich schüttelte den Kopf. War das sein Park von früher?

„Dass hier keine Kinder spielen, wundert mich nicht", murrte er und schüttelte den Kopf. Der angesehene Architekt Friedrich Klein wäre in diesem Moment am liebsten wieder der kleine Friedrich gewesen, der sorglos in den Tag hineinlebte. Der die Nachmittage hier auf dem Spielplatz verbrachte, die Rutschbahn hinunterraste,

auf der Schaukel stehend tollkühn vor und zurück schwang, im Sandkasten Tunnel und Sprungschanzen baute, auf Bäume kletterte und
Vogelnester ausräumte, säckeweise Kastanien sammelte, Verstecken
hinter den dicken Kastanienbäumen spielte, heimlich die erste Zigarette mit seinen Spielgefährten paffte und das erste Mal ein Mädchen
küsste – natürlich ohne seine Freunde. Doch diese Zeit war lange vorbei. Dreißig Jahre, mindestens.

Friedrich war verheiratet, hatte zwei schulpflichtige Kinder und
war in seinem Beruf als Architekt, als auch im privaten Leben sehr
gefordert. Er hatte es verlernt den eigenen Gedanken und Gefühlen
lange nachzuhängen und in alten, längst vergangenen Zeiten zu
schwelgen. Doch jetzt wieder hier zu stehen, in seinem Stadtpark,
war ein überraschendes Geschenk für ihn. Er spürte, wie in ihm eine
grüblerische, ja fast melancholische Stimmung aufkam. Friedrich
Klein fühlte sich plötzlich irgendwie entwurzelt, heimatlos. Mit lang-
samen Schritten schlürfte er über den geschotterten Weg. Eher bei-
läufig las er eine Vermisstenanzeige einer Katze an einer der Parkleuchten und kickte gedankenverloren einige Kiesel vor sich her.
Deutlich spürte er, wie sich seine Stimmung langsam veränderte. Er
wurde wütend. Mit Schwung schupste er die Schaukel so kräftig an,
dass sie an das Metallgestell knallte und trommelte zornig auf die
hohlklingende Kunststoffrutschbahn ein.

„Soll das ein Park sein?", wiederholte er dabei immer wieder.
Dann lies Friedrich von der Rutschbahn ab und setzte sich auf die
Kunststoffumrandung des Sandkastens. „Jetzt gerade mit Absicht",
murmelte er vor sich hin und paffte genüsslich eine Zigarette.

Plötzlich stand Friedrich auf und ging, vor sich hin schmunzelnd,
zu seinem Fahrzeug zurück. Er kramte einen dicken schwarzen Filz-
stift und ein Klebeband aus seiner Aktentasche und ging zu dem
Metallschild an der Parkleuchte zurück. *Der Park ist von neun Uhr bis
siebzehn Uhr geöffnet.* Mit einem Stück Klebeband überklebte er das
Wort *Siebzehn* und schrieb darüber *Neun*. Zügig ging er weiter zu den
Schildern auf dem frisch gemähten Rasen. *Das Ballspielen auf dem
Rasen ist verboten!* Geschickt überklebte er die Wörter *Ballspielen auf*

*dem.* Diebische Freude überkam ihn. Wie ein kleiner Junge hüpfte er über den Rasen, kickte einzelne heruntergefallene Ästchen vor sich her und verspottete die vier jungen Buchen, indem er seine Zunge herausstreckte und ihnen eine lange Nase machte. Er schlenderte weiter zur Rutschbahn, zwängte sich in die enge Kunststoffschale und schlidderte johlend hinunter. Unten angekommen, grub er mit beiden Händen eine tiefe Mulde in den Sand und setzte sich in die Vertiefung, wie ein König in seinen Thronsessel. Er genoss die vereinzelten Sonnenstrahlen und blieb so lange im Sandkasten sitzen, bis die Kirchenuhr fünfmal schlug. Das war schon damals das Zeichen für ihn gewesen aufzubrechen, um nach Hause zu gehen.

Aus dem angesehenen Architekten Friedrich Klein war wieder der kleine Friedrich geworden und einzelne Spatzen quittierten dies mit lautem Beifall.

# Aki liebt Kevin

Aki griff sich noch einmal an die hintere Jeanstasche. Der Wohnungsschlüssel war da. Das wäre megablöd, wenn sie den einmal vergessen würde. Sie mochte sich gar nicht ausdenken, was dann los wäre.

Aki zog die schwere Eingangstüre auf. Genau in diesem Moment kam die Nachbarin aus dem fünften Stock um die Ecke. Was die wieder anschleppte! Beide Hände hatte sie voll mit Tüten und Taschen. Ja, bei vier Kindern, da ging schon was weg. Aki kannte die dritte. Sie hieß Tessa und war eigentlich ganz nett. Sie war eine Klasse unter ihr. Einmal hatten sie sich nach der Schule zufällig getroffen und waren zusammen nach Hause gegangen.

Aki überlegte, ob sie die Türe zufallen lassen sollte, oder nicht. „Sei höflich im Haus". Wie oft musste sie das von Mama hören. „Wenn man neu ist in einer Gegend, muss man sich freundlich eingewöhnen und die Nachbarn kennenlernen".

So neu waren sie jetzt auch nicht mehr. Und sie hatte nicht hierher gewollt, weshalb sollte sie sich dann um die Nachbarn kümmern. Aber da stand Frau Bhudja schon vor ihr und Aki drückte schwungvoll die Tür nach innen.

„Das ist aber nett von dir", sagte die Nachbarin, doch anstatt jetzt durch den weit offenen Eingang zu gehen, setzte sie ihre beiden Taschen ab und stöhnte erleichtert auf.

„Hallo", sagte sie dann und sah Aki prüfend an. „Du bist doch das Mädchen von den Neuen im Siebten? Tessa hat mir von dir erzählt."

Mann, was redete die Tante da? Das hatte sie nun davon. Sie hätte die Türe einfach zufallen lassen sollen. Wollte sie denn ein Gespräch mit der Dicken anfangen? Ganz sicher nicht.

„Ich muss los", sagte sie nicht unfreundlich und drückte sich an der Frau und ihren Einkäufen vorbei.

„Und wohin geht`s"?

Aki würde einen Teufel tun, sich nochmal umzudrehen. Was ging das diese Frau an? Sie lief den Plattenweg entlang zur Straße. Die Ampel stoppte sie. Rot.

Seit sie einmal zufällig im Wochenblatt ein Foto von einem Unfall mit der Trambahn gesehen hatte, wartete sie brav bei Rot, wie die meisten. Überfahren werden, das hätte gerade noch gefehlt. Ihr Handy summte. Natürlich Clara! Aki gab kurz Bescheid. Sie würde zurückrufen. Clara nervte. Sie rief so oft in einem ungeeigneten Moment an, dass Aki dachte: Sie spürt es geradezu, wenn es mir nicht passt. Grün kam und sie lief los über die Schienen.

Sie hätte Clara doch ein Foto schicken sollen. Heute hatte sie sich geschminkt. Nicht nur die Augen und den Mund, sie hatte Makeup aufgetragen. Das Probetütchen hatte sie gestern im Drogeriemarkt mitgenommen. Mama hatte es nicht gemerkt. Ihr Gesicht spannte ein wenig. Aber sie sah toll aus.

Er wird es gut finden, das weiß ich. Heute wird etwas passieren, er wird mich ansprechen. Ganz, ganz sicher. Sie musste sich beeilen. Sie wollte vor ihm an ihrem Treffpunkt sein.

Wie toll er immer aussieht! Ob er das wohl weiß? Seine Jeans saßen wie eine Eins. Ob sie sich auch verliebt hätte, wenn er in Jogginghosen kommen würde?

Ach, Hosen sind doch nicht so wichtig! Wichtig ist sein Gesicht, seine Haare, wie er lässig auf der Bank sitzt.

Ich hätte das nicht ins Tagebuch schreiben sollen. Ob Mama nicht doch reingeschaut hat? Heute morgen hat sie mich so misstrauisch angeschaut. Ich hab mir gerade noch verkniffen zu fragen: Is was? Was sie mir wohl geantwortet hätte? Sie hat mich auch noch beobachtet, wie ich den Laptop hochgefahren habe. Was denkt die sich denn? Dass ich den ganzen Vormittag schlafe oder mit Clara duddle? Ich häng mich da schon rein. Meine guten Noten will ich nicht verlieren. Auch jetzt nicht, bei dieser blöden Onlineschule. Ich hasse das, immer allein, niemand zum Reden. Aber jetzt ist Freizeit angesagt.

Aki läuft die Parkwege entlang, während sie über ihre Mutter nachdenkt. Sie arbeitet den ganzen Tag in der Bäckerei am Schlossplatz. Ist sicher auch nicht das, was sie gerne macht, so als gelernte Laborantin. Sie ist sozusagen Alleinerziehende. Nur gut, dass ich das einzige Kind bin, das sie erziehen muss.

Manchmal denkt Aki dass sie gerne eine Schwester hätte, vor allem am Nachmittag. Am besten eine ältere, die ihr bei den Schulsachen helfen könnte.

Aber jetzt habe ich ja Kevin. Den Namen hatte sie ihm gegeben, nur so, vorläufig. Kann sich ja wieder ändern, wenn wir uns näherkommen. Ich kann ja nicht einfach zu ihm hingehen und fragen: Wie heißt du denn?

Vorgestellt hatte sie sich das schon oft. Die letzten zwei Wochen hatte sie ihn ja fast täglich gesehen. Nur zweimal war er in dieser Zeit, in denen sie sich jetzt liebten, nicht dagewesen. Ein paar Mal hatte er einen kleinen Jungen dabeigehabt. Kevin war auf der Bank gesessen und der kleine Bruder hatte im Sand gebuddelt. Da hatte sie ihn fotografiert. Mit ihrem Handy.

Danke Mama, dachte sie jetzt, während sie prüfend an ihre Hosentasche griff, danke, dass ich seit meinem Geburtstag ein Handy habe. So habe ich ihn immer bei mir, auch am Abend, im Bett, wenn das Licht aus ist. Da vertraut mir Mama.

Sie log doch nur ein ganz kleines bisschen, wenn sie ihn noch unter der Bettdecke anschaute. Wie oft hatte sie an ihn gedacht und sich vorgestellt, wie es wäre, wenn er sie küsste. Sie küsste ihn auch, aber ganz sanft und vorsichtig auf seinen kleinen Mund, am Bildschirm. Oh, Kevin!

Der Spielplatz war noch ziemlich leer. Sie war heute auch früher dran als sonst. Wenn ich mich jetzt auf seine Bank setze? Sie überlegte kurz, setzte sich dann doch auf die, mit der direkten Sicht auf ihn. Sie nahm das Heftchen aus ihrer Tasche und versuchte zu lesen.

Kabale und Liebe, von einem gewissen Schiller. Das lasen sie jetzt als Klassenlektüre. Sie hatte schon damit angefangen, war aber enttäuscht davon. Die Sprache schien ihr so alt und von Liebe war keine Spur. Aber vielleicht kommt das noch, dachte sie und legte das Buch neben sich. Damit versau ich mir jetzt nicht meinen Nachmittag. Verstohlen zog sie einen kleinen Spiegel aus der Tasche. Sieht noch gut aus. Nichts verschmiert oder verlaufen. Aber irgendwie kam sie sich fremd vor, so geschminkt. Auch die Haare hatte sie heute nach hinten gebunden. Sie sah dann erwachsener aus, das hatte Clara mal gesagt.

Alles für dich, Kevin! Ihr wurde heiß, als sie an ihn dachte. Sie wollte ihn küssen, ihn in den Arm nehmen, ganz fest. Sie wollte sich an ihn schmiegen, in seinen Haaren wühlen. Ob er das wohl mag?

Clara hatte ihr schon einiges erzählt. Diese Clara! Sie ging seit zwei Wochen mit Max. Angeblich hatte er sie schon öfter geküsst. Zungenkuss!!! Soll etwas eklig sein, sagt sie.

Ob Kevin mich auch so küssen wird? Warum kommt er denn nicht endlich? Der Anblick dieser brüllenden kleinen Affen auf dem Spielplatz ist auch nicht so prickelnd. Da! Da war schon wieder eine der Zwerge blöd von der Schaukel gefallen. Wie die schreien kann! Kevin komm doch endlich!

Sie machte jetzt doch ein Selfie und schickte es Clara. Wo bist du, schrieb sie zurück. Typisch Clara. Warum kann sie nicht einmal schreiben, dass ich toll aussehe.

Fast hätte sie ihn über all dem Geduddle übersehen, Kevin kam. Wie toll er aussah. Ihr Herz zog sich zusammen vor Sehnsucht. Heute war er allein. Er setzte sich wieder auf seine Bank, die noch frei war.

Aki wagte kaum hinüberzuschauen. Ob er sie bemerkt hatte? Sie war sich sicher, dass er sie schon ein paar Mal beim Vorüberschlendern angeschaut hatte. Auch heute schaute er interessiert in ihre Richtung.

Ob er sieht, dass ich geschminkt bin? Wartet er auf mich?

Gott, er winkt! Winkt er wirklich mir? Ihr blieb fast das Herz stehen vor Freude.

Soll ich zu ihm hinübergehen? Jetzt rief er etwas, reckte sich hoch und winkte heftiger. Er weiß doch gar nicht, wie ich heiße. Was ruft er denn? Soll ich wirklich? Meint er wirklich mich? Sie rutschte nach vorne an die Kante der Bank und wollte aufstehen. Da hörte sie hastige Schritte über den Kiesweg scharren. Ein Mädchen lief an ihr vorbei und auf Kevin zu. Er war aufgesprungen und hatte die Arme ausgebreitet. Nein, bitte nicht! Nicht mein Kevin! Aber er umarmte sie nicht nur. Oh nein, er küsste sie! Sie küssten sich! Bitte tu mir das nicht an Kevin! Aki spürte wie ihr die Tränen in die Augen stiegen. Sie presste die Lider zusammen, ganz fest. Nur jetzt nicht weinen! Wie soll ich das aushalten? Er liebt eine andere!

Aki beugte sich nach vorne, verschränkte die Arme und drückte sie ganz fest auf den Bauch. Es schmerzte so schrecklich, alles tat ihr weh. Was mache ich jetzt? Was soll ich nur tun?

Als sie sich aufrichtete und die Augen öffnete, sah sie Kevin und das Mädchen weit vorne auf dem Parkweg verschwinden. Sie wischte sich die Augen und packte das Buch, das nichts von Liebe erzählte, ungelesen in ihre Tasche. Sie wird sein Bild löschen und ihn nie mehr küssen, nie nie wieder!

# Himmel und Hölle

„Himmel und Hölle ist ein Hüpfspiel, für das es zahlreiche Bezeichnungen gibt. In Berlin heißt es Hopse, Häuslhupfa heißt es in Oberbayern und in Tirol wird es Tempelhupfen genannt. Man findet dieses Spiel in einer Vielzahl von Varianten auf der Welt. Spieleforscher fanden heraus, dass Kinder in Burma auf einem ähnlichen Diagramm hüpften wie Kinder in den USA. Allein in Deutschland und den Niederlanden fand man bei Untersuchungen an die zwanzig verschiedene Hüpfmuster. Die Herkunft des Spieles ist ungesichert. Auf dem Boden des antiken Forums in Rom fand man ein erhaltenes Hüpf-Diagramm, eingeritzt mit einem Stein." So stehts im Internet.

Himmel und Hölle ist ein einfaches Kinderspiel. Doch, was oft leichtfertig als einfach bezeichnet wird, muss nicht für jedes Kind einfach sein. Jule zum Beispiel hat ihre Probleme mit diesem Spiel. Eigentlich nur mit dem Mittwoch. Genauer gesagt, mit dem Mittwoch auf dem Rückweg. Nach zehn Sprüngen, wenn sie wieder vor diesem blöden Mittwoch steht, beidbeinig auf dem Donnerstag, geht ihr meist die Luft aus. Immer an dieser verflixten Stelle! Sie kommt auf dem Donnerstag so unter Druck, dass sie in den Mittwoch mit beiden Beinen springt oder, was genauso schlimm ist, sie den Mittwoch ganz überspringt.

Zu Beginn hüpfte jedes Kind für sich. Nur so zum Spaß. Fehler die passierten, nahm niemand wirklich ernst. Keiner regte sich auf oder tadelte gar. Doch seit Jules Freundinnen als Mannschaft hüpfen ist das anders geworden. Man darf keine Fehler mehr machen. Wenn jemand aus der Mannschaft einen Fehlschritt macht, wird die ganze Mannschaft bestraft. Aus dem anfänglich lässigen Hüpfspiel ist ein Wettkampf mit Gewinnern und Verlierern geworden. Jule, eigentlich beliebt in der Gruppe, wurde während des Hüpfens jetzt immer noch nervöser und einem Hüpffehler folgt meist ein nächster. Jule wird immer unsicherer, denn jeder weiß: Jule macht gleich wieder einen

Fehler, spätestens auf dem Rückweg, vor dem Mittwoch. Die Mannschaft, meist zum Verlieren verdammt, überlegt nun insgeheim, wie sie Jule loswerden könnten. Als Gerti ihre Nebensitzerin Jule umständlich fragt, ob sie denn nicht bei einer anderen Mannschaft mithüpfen wolle, schöpft Jule sofort Verdacht. Und es kommt wie es kommen musste. Immer neue Ausreden lassen sich ihre Mitschülerinnen einfallen. Jule verliert eine Freundin nach der anderen. Sie hüpft nunmehr nur noch für sich alleine, sozusagen außer Konkurrenz.

Es ist an einem Mittwoch, an dem die Karten sozusagen neu gemischt werden. Eine Mathematikarbeit ist angesagt. Jules Stärke und Gertis Schwäche. Schon nach der halben Zeit ist Jule mit ihrer Arbeit fertig und überlegt ihr Heft abzugeben.

„Jule, nicht!", flüstert Gerti.

„Warum nicht?"

„Ich blick's auf keinem Aug. Hilf mir", tuschelt Gerti.

„Nur wenn ich wieder mithüpfen darf."

„Erpressung", zischt Gerti. Jule steht auf und will gerade nach vorne gehen, als Gerti ihr leise zuruft: „OK, du Erpresserin."

„Deal?"

„Deal!" Der Lehrerin ist die Unruhe zwischen den beiden Mädchen nicht entgangen.

„Was ist los Jule?", fragt die Mathematiklehrern. „Bist du fertig oder nicht?" Jule setzt sich wieder hin und antwortet knapp:

„Hab was vergessen!" Leise wiederholt sie ihr Angebot.

„Deal?"

„Deal!", antwortet Gerti leise und zieht vorsichtig Jules Lösungsblatt zu sich hinüber.

# Ein andermal

An einem Mittwoch beschloss Paul, den Donnerstag nicht mehr erleben zu wollen. Dann würden sie schon sehen. Sein altes Steinzeithandy könnten sie ihm ja ins Grab nachwerfen. Es reichte! Jetzt hatten sie es übertrieben. Eindeutig! Er wollte nicht mehr.

Als er die Türe ins Schloss fallen hörte, stand er auf und ging zum Fenster. Er beobachtete seine Mutter, wie sie das Garagentor öffnete und mit ihrem kleinen Smart davonfuhr.

„Ja, Mama, das wird hart für dich sein", sagte er laut in die helle Scheibe.

Endlich waren sie alle weg. Mama war total misstrauisch gewesen. Susi hatte noch zu ihm reingeschaut, und ihm die Zunge rausgestreckt und gezischelt: „Ha, ha, ha, krank ist mein Brüderchen also, dass ich nicht lache!"

Mama war ziemlich in Eile, wie immer.

Was hast du? Starke Kopfschmerzen? Und der Bauch auch noch? Lass mal fühlen". Natürlich konnte sie kein Fieber feststellen, ich hatte ja keines.

Sein jammerndes Verhalten war dann doch von Erfolg gewesen. Mama hatte noch eilends in der Schule angerufen und ihn entschuldigt. Die von seiner Klasse würden sich auch wundern, wenn sie bei ihm am Grab stehen müssten. Vielleicht wird Lisa eine Blume in die Grube werfen. Ach Lisa!

Paul setzte sich aufs Bett und fühlte sich plötzlich ganz elend und krank und sehr traurig. Ach Lisa, dachte er, warum hast du mit mir Schluss gemacht? Das war so gemein. Einfach zu schreiben: Ich mache Schluss mit dir. So ging das doch nicht. Er hatte sie nicht einmal fragen können warum?

Eigentlich wunderte es ihn nicht. Wie konnte da eine Freundschaft entstehen, wenn man nur zu bestimmten Zeiten Kontakt mit der Welt haben durfte. Und dann noch mit diesem alten Gerät, da lachte ja die ganze Klasse. Und jetzt hatte Papa es ihm wieder mal abgenommen, weil er sich angeblich nicht an die Abmachung gehalten hatte. Ja, wenn da auch so wenig Zeit zum Reden blieb.

Wut stieg in ihm hoch, auf Mama und Papa und ihm fiel der letzte Streit mit ihnen ein. Er wollte auch ein Smartphon, wie alle in der Schule. Er wünschte es sich so sehr. Zum Geburtstag könnten sie es ihm doch schenken, hatte er gebettelt. Aber alles was er erreichte, war ein Kopfschütteln oder den abwertenden Spruch: Ausgerechnet ein Smartphon! Deshalb reichte es ihm jetzt. Freundin weg, Handy weg, was sollte denn noch alles kommen?!

Er stand auf, ging ins Wohnzimmer hinunter und begann zu suchen. Er wollte wenigstens eine letzte SMS an Lisa schicken und an seine Freunde auch. Aber er hatte keinen Erfolg, das Handy blieb verschwunden. Na gut, war er halt abgeschnitten von der Welt. Er ging ins Bad und machte sich fertig.

Er musste planen, wie er es machen sollte. Man starb ja nicht einfach so. Er würde sich erhängen, das war am einfachsten. Das hatte er in seinem letzten Videofilm auf dem Computer gesehen. Dazu brauchte er allerdings ein Seil. Ein dickes Seil. Ohne das ging gar nichts.

Als erstes ging er in die Garage. Wo könnte hier ein Seil sein? Hatten sie so etwas überhaupt? Am hinteren Regal hingen einige Gummispanner und daneben lagen zwei Rollen mit Bändern zum Verpacken größerer Gegenstände. Damit konnte er nichts anfangen.

Die Schublade fiel ihm ein, in die Mama das Material zum Verpacken von Paketen stopfte. Also zurück in die Küche. Oh je, was er da fand war ein wirres Durcheinander und viele Schnürchen. Mist! Dieses dünne Zeug würde ihn sicherlich nicht tragen. Immerhin war er mit seinen fast vierzehn Jahren schon einen Meter achtzig groß.

Er musste nachdenken und etwas anderes finden. Ein Gutes hatte das fehlende Seil, wenn er das schon nicht hatte, brauchte er auch nicht nach einem passenden Haken zu suchen. Das wäre sicher auch nicht einfach gewesen, hier in der Wohnung.

Es klingelte an der Tür. Vorsichtig schaute er aus dem Fenster. Natürlich, es konnte nur der Paketbote sein. Immer wurde man gestört in diesem Haus, sogar beim Sterben! Es klingelte, ununterbrochen.

Der nimmt seinen Finger nicht mehr vom Klingelknopf! Mach ich halt auf! Der Mann hatte es eilig und drückte Paul ein Päckchen in die Hand.

„Unterschreib mir hier", sagte er und war schon wieder in seinen gelben Transporter gestiegen.

Paul betrachtete misstrauisch das nicht sehr große Paket. Schwer war es auch nicht. Was hatten sie jetzt wieder bestellt. Er legte es auf das Bord an der Garderobe.

Sollte er aufgeben? Niemals. Er hatte Hunger und machte sich jetzt erst einmal eine dicke Tasse Kakao. Gut, dass er das schon seit seiner Kindheit geübt hatte: Pulver, nicht zu viel Zucker, heißes Wasser und die Milch schäumte er auch noch auf. Lecker! Jetzt hieß es überlegen.

Der See! Natürlich, der See! Weshalb hatten sie es nicht weit zum Wasser? Er würde sich ertränken. Genau. Das war es. Ob er mit den ganzen Klamotten reingehen sollte? Die Turnschuhe waren fast neu, war eigentlich schade drum. Er hatte doch die Badeshorts, die könnte er anziehen. Am Haken im Flur hing seine rote Sporttasche. Tatsache, Mama hatte seine Badeshorts reingesteckt. Na, dann mache ich mich mal auf den Weg.

Er stellte die leere Tasse noch in die Spülmaschine. Immer gab es deswegen Zoff, weil alle nicht ihr gebrauchtes Geschirr einräumten. Das wollte er sich in seinen letzten Stunden in diesem Haus nicht nachsagen lassen. Dann griff er sich seine Tasche und machte sich auf den Weg zum See.

Als er das Rad aus der Garage holte, kam doch tatsächlich Irina, die Nachbarin vorbei. Musste das jetzt sein? Ihr kleiner Hund Lotte begrüßte Paul stürmisch und natürlich musste Irina fragen:

„Na Paul, heute nicht in der Schule?"

„Homeoffice", gab er kurz Bescheid und radelte einfach davon. So kurz vor seinem Ende konnte man doch nicht noch in einem Smalltalk ertrinken. Sollte sie sich doch selbst einen Reim darauf machen, weshalb er sein Home-Office am See abhielt. Jetzt am Vormittag war am Waldrand niemand zu sehen. Sehr gut! Wer wusste, was sonst noch passieren würde. Es gab ja immer Menschen, die andere retten wollten.

Während er sich die Kleider abstreifte, stellte er sich vor, wie das wohl wäre: Er würde daliegen, ein Retter drückte ihm rhythmisch auf die Brust und dann würde Wasser aus seinem Mund sprudeln. Aber, leider, er war nicht mehr zu retten! Das tat dem Lebensretter dann furchtbar leid. Ihm aber auch!

Besser, überlegte er, wäre noch eine Mund zu Mund Beatmung. Vielleicht von Lisa, das wäre geil. Er hatte das mal in der Sendung mit der Maus gesehen. Für die Maus war er jetzt schon zu alt. Immerhin durfte er inzwischen auch schon andre Filme sehen: Tierfilme, Dokus und so. Da waren die Eltern nicht kleinlich. Er sollte sich nur keinen Schrott reinziehen, wie sie hin und wieder sagten. Er hätte den Eltern doch einen richtigen Abschiedsbrief oder wenigstens einen Zettel schreiben sollen: Gehe ins Wasser oder so. Jetzt wussten sie ja nicht, wo sie nach ihm suchen sollten.

Langsam kam die Sonne hinter den Wolken hervor. Erst mal anwärmen, dachte er und legte sich ins Gras. Ein schönes Plätzchen war das. Hier war er schon als ganz kleines Kind ins Wasser gelaufen und Schwimmen hatte er hier auch gelernt. Hier in ihrem See. Ach, das war eine schöne Zeit gewesen. Einmal hatten sie sogar hier übernachtet, er und Papa, mit Zelt und Kocher und so. Und jetzt war alles anders.

Er stand auf und sah zum See hinunter. Sollte er hineinstürzen mit Anlauf? Nein, er würde sich erst mal abkühlen, das hatte man ihm beigebracht. Abkühlen war wichtig, sonst könnte man einen Herzschlag bekommen. Das Wasser war frischer als erwartet. Aber er biss die Zähne zusammen und widerstand dem Gedanken an Umkehr. Blöd war, dass der Einstieg so flach war. Bis er ins Tiefe kam, schlotterte er schon am ganzen Leib.

Mach dir nicht ins Hemd, sagte er zu sich, aufgeben gibt es nicht. Als ihm das Wasser bis zum Hals ging, musste er wohl oder übel schwimmen. Es war ein ganz natürlicher Reflex. So ertrinke ich nie im Leben, schoss es ihm durch den Kopf. Dann schwimm ich wenigstens eine Runde, beschloss er und holte kräftig aus. Aber es wurde ihm dadurch auch nicht viel wärmer und er strebte ins seichte Wasser und watete dem Ufer zu.

Blöd, dachte er, während er das Badetuch aus der Tasche zog und sich heftig rubbelte. Wieder nichts!

Nachdem er sich angezogen hatte, setzte er sich noch einmal ins Gras und genoss die Stille, die Geräusche des Waldes hinter sich und die Wärme, die sich in seinem Körper ausbreitete. Bilder aus all den vielen Sommern, die er hier verbracht hatte, flossen ineinander. Er genoss es, in seinen Erinnerungen sich und seine Familie mit seinen Freunden Revue passieren zu lassen.

Eigentlich ganz schön hier, dachte er, schade, dass ich das bald nicht mehr sehen kann. Und Lisa werde ich auch nicht mehr sehen und Niklas nicht und Kevin nicht. Und die Großeltern könnte er auch nicht mehr besuchen. Die freuten sich immer so, wenn er kam. Nach Italien würden Mama und Papa ohne ihn fahren und sie müssten ihn bald beim Fußball abmelden. Dabei war am Samstag das wichtige Spiel, auf das sich alle freuten.

Vielleicht, dachte er, vielleicht war es doch keine so gute Idee, dass er den Donnerstag nicht mehr erleben würde. Vielleicht sollte er seinen Abgang noch einmal verschieben. Vielleicht auf einen anderen Tag, oder auf eine andere Woche, oder auf ein ganz anderes Jahr. Auf jeden Fall auf einen Termin, wo es ihm besser passte.

Als seine Mutter kurz nach Ein Uhr die Haustüre öffnete, fand sie auf dem Garderobenschränkchen das Päckchen. Hoffentlich hat Paul den Absender nicht gesehen und Schlüsse daraus gezogen, dachte sie. Es war doch sein Geburtstagsgeschenk. Der wird sich freuen, wenn er das sieht. Zwei Tage waren es noch bis dahin.

Als sie das Päckchen ins Schlafzimmer trug um es in ihrem Schrank zu verstecken, hörte sie Paul aus der Küche rufen:

„Bin wieder gesund. Mache gerade Pfannkuchen. Magst du auch einen?"

# Der Löffelschreiner

Karl Fritz, eigentlich Karl-Friedrich Fritz, war mit Leib und Seele Schreiner gewesen. Ja, gewesen, denn er war seit fast fünf Jahren Rentner. Doch durch all die ereignislosen Jahre seiner Rentnerzeit war ihm die Liebe zum Schreinerhandwerk geblieben. Leider hatte er kaum noch Gelegenheit bekommen, seine Begabung unter Beweis zu stellen. Außer ein paar wenigen kleinen Aufträgen, wie zum Beispiel den Bau einer Kinderwiege, die Reparatur einer Schranktüre und zwei Stühlen, waren seine Fähigkeiten nicht mehr gefragt.

Bis zu diesem denkwürdigen Freitag dem Dreizehnten. Seine Frau stand an in der Küche und kochte Karl-Friedrichs Lieblingsspeise: Königsberger Klopse. Punkt zwölf Uhr tauchte sie den hölzernen Kochlöffel ins kochende Wasser um die Klopse herauszuheben. Mit einem trockenen Knacken brach der Kochlöffel ab und fiel ins kochende Wasser. Heißes Wasser spritzte dabei an den Unterarm der Köchin, die laut aufschrie und fluchte. Aufmerksam geworden durch den Aufschrei, kam Karl-Friedrich herangeeilt, fischte umständlich den zerbrochenen Kochlöffel und die Klopse aus dem Wasser und kümmerte sich anschließend um seine Frau. Während des Mittagessens kam das Gespräch auf den kaputten Kochlöffel und er witterte seine Chance, indem er seiner Frau vorschlug einen neuen Kochlöffel aus Holz anzufertigen. Die liebende Ehefrau sah den hoffnungsvollen Glanz in den Augen ihres Gatten und gab sich offen für dessen Vorschlag. Der Schreinermeister verschwand sogleich im Hobbyraum und tauchte erst nach vier Stunden wieder auf. Stolz präsentierte er den individuell hergestellten Holzlöffel. Er war in der Tat ein Schmuckstück. Der Stiel des Löffels war aus hartem Eichenholz gesägt und der vordere Teil, die Schaufel, aus rötlich glänzendem Kirschholz geschnitzt. Die Verbindung der beiden Hölzer war so perfekt gearbeitet, dass nicht einmal ein geschultes Auge einen Übergang erkennen konnte. Karls Frau war gerührt über die fast kindliche Begeisterung ihres Mannes und sagte einen Satz, dessen Auswirkungen sie nicht vorhersehen konnte:

„Karli, das ist ja ein wundervoller Kochlöffel. Ich werde ihn gleich morgen benützen. Morgen gibt es Kürbissuppe."

Der Schreiner war mit sich und der Welt wieder im Einklang. Ihm wurde ein Hobby geschenkt, das ihm große Freude machen, sein Ego befriedigen und zudem auch noch einen Nutzen erfüllen würde. Ab diesem Tag sah ihn seine Ehefrau nur noch zum Essen. Ihr gemeinsames Rentendasein hatte sie sich natürlich nicht so vorgestellt. Seinen Hobbyraum baute er in wenigen Tagen zu einer Holzwerkstatt aus. Er ließ Flyer drucken: Kochlöffel aus edlen Hölzern − von Meisterhand für die Meisterköchin stand auf den Werbeprospekten, die er in hoher Anzahl drucken ließ. Zu Beginn teilte er sie persönlich aus und nutzte dabei den Kontakt, der sich an den Türen mit den Hausfrauen ergab. Später bezahlte er Jugendliche, die ihm diese Arbeit abnahmen.

Das Besondere an den Kochlöffeln, die der Schreinermeister herstellte, war nicht nur die Kombination von mehreren Hölzern, sondern die individuelle Gestaltung der Schaufeln. Er schnitzte sie von Hand, mit immer wieder anderen Bögen und Krümmungen, bis hin zu fast flachen Schabern, die keiner wirklichen Funktion mehr folgten. Das machte aber nichts. Im Gegenteil. Irgendwann bekamen die Holzlöffel so etwas wie einen Kultstatus. Jeder in der Stadt wollte sie haben und manche nur, um sie wie ein Bild an die Wand zu hängen. Das Auftragsbuch des Löffelschreiners, so wurde Karl-Friedrich Fritz mittlerweile genannt, platzte aus allen Nähten und er entschied sich, ehemalige Schreinerkollegen, alle längst im Ruhestand, in die Produktion mit einzubinden. Als die ersten Aufträge aus Japan eintrafen, entschied er sich mit der Werkstatt in eine kleine Halle umzuziehen. Professionelle Drehbänke stellten nun einen Teil der Arbeit industriell her, während einige der Schreiner die Schaufeln der Kochlöffel weiterhin noch von Hand schnitzten. Doch nicht genug damit! Die Form eines standardisierten Kochlöffels wurde mittlerweile für die unterschiedlichsten Gegenstände des öffentlichen Lebens kopiert.

Die Latten der umliegenden Gartenzäune, Holzverschalungen an Gebäuden, Kinderschaukeln und Rutschbahnen auf Spielplätzen, Glückwunschkarten, Süßigkeiten aller Art, Geschirr, Mobiliar, bevorzugt Sessel und Betten und unzählige andere, ganz alltägliche Dinge, wiesen plötzlich die Form von Löffeln auf. Von Seiten der Stadt wurde sogar überlegt, einen Kochlöffel in das Stadtwappen zu integrieren. Doch das lehnte Karl-Friedrich Fritz entschieden ab. Man einigte sich schließlich auf einen Wettbewerb. Das Kulturamt der Kleinstadt schrieb einen Kunstwettbewerb für einen neuen Brunnen vor dem Rathaus aus. Die einzige Vorgabe für die teilnehmenden Künstler war, dass das Brunnenobjekt eine Form-Verwandtschaft mit einem Kochlöffel aufweisen musste. Manche der Löffelbegeisterten lehnten sogar das Essen mit Messer und Gabel ab. Sie verwendeten nur noch Löffel zum Essen, was der Suppenindustrie einen wahren Boom verschaffte. *Löffler* nannte sich diese Interessengruppe, die sogar als eingetragener Verein Steuervorteile beim Finanzamt genoss. Dass die Deutsche Bundespost eine Briefmarke mit einem Löffel herausbrachte und eine namhafte Bank ein sogenanntes Löffelkonto einführte, soll hier nur am Rande erwähnt werden.

Einigen wenigen Mitbürger ging das dann doch zu weit. Sie ertrugen es nicht, dass auch die Ohren der Hasen Löffel genannt wurden. Das waren aber nur wenige, die vielleicht auch nicht die nötige Bildung besaßen. Um ihnen entgegenzukommen und den zivilen Frieden in der Stadt wiederherzustellen, sprach man in diesem Zusammenhang fortan nur noch von Hasenohren und nicht mehr von Löffeln. Diese Einschränkung setzte sich auch bei den Schokoladenhasen zu Ostern durch. Auch die Drohung, ich hau dir eine hinter die Löffel, durfte neben einigen anderen Formulierungen nicht mehr verwendet werden.

# Aus und vorbei

Die Scheidung war durch. Ada nahm den Bus für die Fahrt nach Hause. Ihren Wagen hatte sie vor drei Tagen verkauft. Außer ihr saß kaum jemand auf den abgewetzten Sitzen. Den Fahrschein hatte sie schon am Automaten gezogen. Im Vorbeifahren sah sie Straßen und Plätze, an denen sie sich in den letzten Jahren mit Karlheinz aufgehalten, wo sie zusammen eingekauft oder im Café einen kleinen Imbiss zu sich genommen hatten.

Der Auftritt eben hatte sie verwirrt. Eigentlich hatte sie ihren Frieden mit Karlheinz gemacht, glaubte sie wenigstens. Solche persönlichen Treffen, Auge in Auge, taten diesem Frieden nicht gut. Denn als sie ihren Mann, der jetzt ihr Exmann war, im Gerichtssaal sah, kochten Gefühle in ihr hoch, die sie endlich bei sich verdrängt glaubte. Jetzt waren sie also geschieden, alles amtlich und besiegelt.

Ausgezogen war er ja erst vor einem Monat. Sie hatten zuvor keine passende Wohnung gefunden, die beiden Frischverliebten. Also musste Ada ihren Noch-Ehemann ertragen. Wenigstens hatte er die Neue nicht mit in ihr Haus gebracht. Das nicht. Aber die endlosen Telefonate musste Ada aushalten und das erfreute, zärtliche Lächeln, das auf seinem Gesicht erschien, wenn das Handy klingelte. Vieles hatte sie an die ersten Jahre ihrer Ehe erinnert. Sein fröhliches Summen beim Frühstück, das sie natürlich nicht mit ihm einnahm, seine lebhaften Bewegungen, wenn er die Sporttasche packte, seine Lebendigkeit allgemein. Sie hatte versucht, sich nicht nur äußerlich von ihm fernzuhalten. Sie musste auch innerlich eine Distanz herstellen, sich unempfindlich machen gegen die Zärtlichkeiten die er ausstrahlte und die nicht mehr ihr galten. Und sie hatte geglaubt, es wäre ihr gelungen.

Und doch stiegen ihr jetzt überraschend die Tränen in die Augen. Wieso jetzt das? So wie Karlheinz sie die letzte Zeit behandelt hatte, war er keine Träne wert, keine einzige.

Der Fahrer vorne jagte in eine Kurve und Ada wäre beinahe aus ihrem Sitz gestürzt. Das brachte sie zurück auf den Boden der Tatsachen und sie versuchte, weiter Bilanz zu ziehen. Es fiel ihr schwer, diese Scheidung zu akzeptieren, das gestand sie sich bitter ein. Karlheinz war nach dem Schluss der Verhandlung abgeholt worden von seiner Neuen. Sie hatte Sektgläser aufstellt, auf dem Fenstersims im Flur, vor dem Verhandlungsraum. Wie jung sie ausgesehen hatte und wie glücklich, als Karlheinz auf sie zuging mit ausgebreiteten Armen. Sie, Ada, hatte niemanden, der sie abholte oder gar mit ihr feierte.

Vorne im Bus wurde es laut. Eine ganze Schulklasse mit ihrer Lehrerin war zugestiegen. Sie schrien, drängelten, stießen und schubsten sich. Aber plötzlich saßen sie doch alle ordentlich auf ihren Plätzen. Ada hatte keine Kinder, die mit ihr Bus fahren könnten. Ja, dachte sie bitter, nicht einmal Kinder habe ich. Die wären jetzt auch schon groß. Mit ihnen könnte ich wenigstens über alles reden. Aber Karlheinz wollte ja frei sein und unabhängig. So waren die Jahre vergangen, ohne Nachwuchs, nur sie beide. Und doch war es keine schlechte Zeit mit ihm gewesen. Sie waren viel gereist, auch ins Ausland. Das war jetzt auch vorbei.

Er hatte gut verdient, in der eigenen Firma, sehr gut. Geld war nie ein Thema gewesen. Sie hatte alles bekommen, was sie sich wünschte. Von Anfang an hatte er darauf bestanden, dass sie zuhause für alles sorgte, es schön machte für sie beide und auch für seine Eltern. Auch für Gesellschaften und Feiern war sie zuständig gewesen, für die Repräsentation der Firma. Und vor allem für seine Bequemlichkeit. Als Ada sich an die pompöse Hochzeitsfeier damals erinnerte, fielen ihr die Schwiegereltern ein. Sie war ihnen nicht recht gewesen als Schwiegertochter. „Schwing du nur den Kochlöffel für meinen Sohn", hatte ihre Schwiegermutter lachend gesagt und betont, dass Ada es nicht nötig habe, arbeiten zu gehen. Also hatte sie ihren Beruf als Architektin aufgegeben. Schön blöd war sie gewesen. Das rächte sich jetzt.

Karlheinz hatte ihr gemeinsames privates Vermögen klein rechnen lassen. Dafür hatte er ja seine Rechtsanwälte und Steuerberater. Sehr zu seinem Vorteil hatten sie gearbeitet, das musste sie anerkennen. Noch wohnte sie im ehemals gemeinsamen Haus, aber nicht mehr lange. Es sollte verkauft werden. Sie konnte es nicht halten und die Neue wollte nicht in das Haus seiner Verflossenen einziehen. Irgendwie konnte Ada das verstehen. Aber dass Karlheinz ihr das Haus wegnahm, das verstand sie nicht. Er hatte das keineswegs nötig. Ada vermutete, dass er ihr doch noch eins auswischen wollte. Das hieß, sie musste sich auch auf die Suche nach einer Wohnung machen und nach Arbeit sowieso. Wird nicht leicht werden, dazu war sie schon zu lange heraus aus dem Beruf.

Sie machte sich bereit zum Aussteigen. Auf ihrem Gang entlang der Straße und der schönen Allee mit den gepflegten Vorgärten, stieg plötzlich eine Wut in ihr hoch, die alles Bedauern überdeckte. Sie spürte, wie sie die Zähne zusammenpresste, dass die Kiefer schmerzten und ihre Hände sich von alleine zu Fäusten ballten und die Nägel sich ins Fleisch gruben. Sie hätte schreien mögen, so laut, dass alle Welt es hörte. Und nicht mehr aufhören damit. Aber dies war eine vornehme Gegend und Ada hatte gelernt, nicht laut zu sein.

Sie blieb noch einige Zeit auf der anderen Straßenseite vor ihrem Haus stehen und ihre Augen wanderten von unten nach oben. Es war ein schönes Haus, ein altes Haus mit Erkern und großen Fenstern, in denen sich jetzt das Nachmittagslicht spiegelte. Das nimmt sie mir weg, diese Tussi, dachte sie wütend. Und nicht nur das.

Voller Zorn schlug sie dann die Haustüre hinter sich zu. In den lauten Knall hinein sagte sie laut und deutlich: Aus und vorbei.

# Ferrari

Die Frage des Journalisten empfand Knut von Heunen als unanständig und unangemessen. Er, der Enkel des hochdekorierten Generalfeldmarschall Graf Paul Georg von Heunen sollte eine Frage über seine Einkünfte und Besitztümer beantworten! Wieder so ein Neidbürger, dachte von Heunen, zupfte verärgert an seinem Kaiser-Wilhelm-Bart und erzählte ausschweifend von den Verdiensten seiner Väter und Großväter vor, während und nach dem Zweiten Weltkrieg. Er sprach über die harten Jahre der Weltwirtschaftskrise und welche Entbehrungen seine Familie in dieser Zeit zu ertragen hatte. Der Journalist versuchte mehrmals seine selbstgefälligen Ausschweifungen zu stoppen oder durch Zwischenfragen dem einseitigen Gespräch eine Wendung zu geben. Es gelang ihm nicht. Knut von Heunen spulte seine Familiengeschichte herunter, als hätte er sie auswendig gelernt oder von einem Teleprompter ablesen.

Es war das erste Interview, das der junge, ungeduldige und wohl etwas genervte Journalist mit von Heunen führte. Und nur so ist es vielleicht zu erklären, dass er dem Träger des Bundesverdienstkreuzes, Hauptaktionär von Petrol-Eye und Eigentümer einer Vielzahl von Warenhäuser eine derart, wenn auch versteckte, so doch provozierende Frage, stellte:

„Herr von Heunen, Sie besitzen doch einen tollen, knallroten Ferrari. Der steht augenblicklich hier hinter uns in einer beheizten Garage mit weißem Marmorboden."

„Ja sicher", strahlte von Heunen, „der steht gleich hier in meiner Garage – hinter Ihnen."

„Fritz, schwenk doch mal kurz rüber zur Garage!", wies der Journalist den Kameramann an, bevor er weitersprach: „Die Obdachlosen in der Stadt haben oft nicht einmal einen warmen Schlafsack bei dieser augenblicklichen Kälte. Könnten Sie sich vorstellen, dass sich diese frierenden Menschen in ihrer beheizten Garage immer mal wieder aufwärmen?" Von Heunen wusste nicht sofort, ob ihm die Frage aus Bewunderung zu seinem Ferrari gestellt wurde oder ob es ein versteckter Angriff war. Er stemmte seine Hände in die Manteltaschen, versuchte auffällig gelassen zu erscheinen und stellte eine Gegenfrage: „Junger Mann, auf was wollen sie hinaus? Natürlich haben die von Heunen die Ärmeren immer mit im Blick. Das ist in meiner Familie Tradition. Ich hatte schon zu Anfang darüber gesprochen."

„Soll heißen?", fragte der Journalist.

„Noch einmal, wir tun vieles um die Not anderer zu mindern."

„Soll heißen?", wiederholte der Journalist.

„Was wollen Sie hören? Ich kann doch nicht meinen Ferrari auf die Straße stellen! Den zerkratzen die mir doch! Außerdem ist das ein hochspezialisiertes Fahrzeug, das sehr empfindlich auf Temperaturwechsel reagiert."

„Und auf der Garagenauffahrt?", mischte sich Fritz der Kameramann überraschend ein. Von Heunen und der Journalist schauten ungläubig den Kameramann an. „Ihre Garagenauffahrt ist doch auch beheizt", setzte Fritz nach. „Da könnten sich die Obdachlosen doch auch aufwärmen!"

„Woher wissen Sie das?", fragte von Heunen überrascht.

„Da braucht man nur die Augen aufmachen und hinschauen. Es hat in den letzten Tagen viel geschneit und nur ihre Garagenauffahrt ist frei von Schnee. Und nicht nur das, sie ist sogar trocken."

„Meine Garagenauffahrt geht sie nichts an!", rief von Heunen erbost. „Machen Sie lieber ihre Arbeit!" Knut von Heunen war so aufgebracht, dass nicht viel gefehlt hätte und die Kamera wäre in den angrenzenden aufgeschütteten Schneehügeln gelandet. Auch der Kameramann zeigte eine Seite von sich, die niemand zuvor gekannt hatte. Er nannte Knut von Heunen mehrmals einen skrupellosen Bonzen, der auf Kosten der Allgemeinheit, wie eine Made im Speck lebe. Von Heunens Großvater bezeichnete er als Nazi und Kriegsgewinnler in einem. Das entsprach zwar der Tatsache, aber solche heftigen Anschuldigungen durften freilich nicht in der Öffentlichkeit hinausgebrüllt werden. Natürlich werde das Folgen für den Kameramann haben, die von Heunen schon bei seinem Abgang in Richtung seines Bungalows androhte.

Bei seinem Nachmittagsspaziergang in seinem parkähnlichen Anwesen war der angesehene Bundesverdienstkreuzträger Knut von Heunen noch immer sehr aufgebracht. Der Streit mit dem Kameramann hatte ihm keine Ruhe mehr gelassen. Seit einiger Zeit litt er unter Bluthochdruck, was seinen Hausarzt und auch ihn beunruhigte. Sein Geheimrezept, den Blutdruck so schnell wie möglich wieder zu senken, war ein Besonderes: Er ging zu seiner Garage, schaltete die gesamte Innenbeleuchtung an und setzte sich in seinen roten Ferrari. Tausend Watt leuchteten den vierzig Quadratmeter großen Garagenraum aus, als wäre es ein Operationsaal. Er schloss die Augen, strich zärtlich an dem mit Schweinsleder überzogenen Lenkrad entlang, massierte sanft die beiden ergodynamischen Hebel rechts und links des Lenkrades, legte vertrauensvoll seine rechte Handfläche auf den kugelförmigen Schaltknauf aus Wurzelholz, strich gleichzeitig mit der Linken genüsslich am Armaturenbrett aus Ulmen-Furnier entlang und weiter über die Mittelkonsole aus poliertem Walnussholz mit extra feiner Maserung. Welch ein Erlebnis! Genuss pur für Knut von Heunen. Unvergleichbar, unerreichbar und unverzichtbar, dachte von Heunen. Er überlegte, ob er sich eine kleine Spritztour gönnen sollte, nahm jedoch davon Abstand. Bei den derzeitigen Wetterverhältnissen würde vielleicht seine Karosserie oder gar der 265 PS starke Motor durch das Streusalz Schaden nehmen. Zudem würde das abtropfende Salzwasser dem Marmorboden nicht guttun und es würden schmutzige Wasserränder zurückbleiben. Nein, das wollte er nicht riskieren. Lieber würde er noch eine Weile in der Garage bleiben und davon träumen, alle Regeln im Straßenverkehr zu brechen und mit 300 Sachen durch die Landschaft zu rasen.

Ja, Reichtum kann auch zufrieden machen und in gewisser Weise sogar genügsam. Bei Knut von Heunen war das so. Er wartete geduldig ab, bis der Frühling schnee- und salzfreie Straßen versprach. Erst dann ließ er seinen Wagen in die Werkstatt bringen. Für eine paar Tausender wurde dort das Fahrzeug durchgecheckt, neu bereift, dem TÜV vorgeführt und dann zurückgebracht. Und dass der folgende Sommer nur zwei Ausfahrten mit dem Ferrari zuließ, war bestimmt nicht die Schuld von Knut von Heunen, dem Enkel des hochdekorierten Generalfeldmarschall Graf Paul Georg von Heunen.

# Krallen raus

Als Anke an diesem Abend in die Schlehenstraße einbog, sah sie das rote Cabriolet schon von ferne im Licht der Scheinwerfer leuchten. Doch, es leuchtete geradezu. Es war ein Rot, das Anke dazu brachte, die Zähne zusammenzubeißen. Natürlich tat der Regen das seine dazu. Obwohl das Auto ein schon älteres Modell war, glänzte der Lack in der Nässe tiefrot und aufregend. Ja, Anke regte sich auf. Also habe ich mich doch nicht getäuscht, dachte sie und parkte ihren Wagen ein Stück weit hinter dem Corpus delicti. Sie blieb im Trockenen sitzen und überlegte. Es war jetzt die vierte Woche, dass dieses Rot ihr in die Augen stach. Natürlich hätte sie es sich ersparen können, wäre sie, wie normalerweise immer am Donnerstag, zu ihrem Joga-Kurs gegangen. Aber sie hatte sich jetzt schon einige Male die dringend nötige Entspannung versagt. Auch heute war sie, nach einem kurzen Besuch in ihrem Stammcafé, zurückgefahren. Weshalb tue ich mir das eigentlich an, dachte sie wütend auf sich selbst.

Der rote Flitzer war nicht das einzige Indiz für Jans Untreue. Schon seit einigen Wochen gab es Gespräche, die auf der Terrasse oder im Bad geführt wurden und hin und wieder merkwürdige Anrufe mit schweigender Stille am anderen Ende der Leitung. Diese Telefonate galten auf keinen Fall ihr. Ihre Affäre war schon seit dem letzten Sommer beendet.

Der Gedanke an dieses Ende stieß Anke, wie immer, wenn sie daran dachte, bitter auf. Jonas hatte ihre Affäre beendet, nicht sie. Weshalb, das wusste sie bis heute nicht. Sie sahen sich noch hin und wieder bei Einladungen von gemeinsamen Freunden. Dabei gingen sie sich regelmäßig aus dem Weg.

Anke stellte fest, dass es immer noch regnete. Sie beobachtete, wie sich ein Tropfen nach dem anderen auf ihrer Windschutzscheibe sammelte und dann den Weg nach unten nahm. Sie hatte nach dieser Affäre mit Jonas genug. Seit dem letzten Sommer hatte sie keinen anderen Mann mehr angeschaut. Sie war Jan treu. Und jetzt das!

Wie sie wohl aussah, diese Katze? Katze hatte er in seinem Handy eingegeben. Sie fand es nicht so ganz in Ordnung, konnte es aber nicht lassen, einen Blick auf seine Mails, beziehungsweise auf seine Adressdatei zu werfen. Das konnte nur sie sein, diese Katze. Bis heute hatte sie es, trotz wilder Absichten, nicht über sich gebracht, auf ihrem Beobachtungsposten zu warten, bis die Dame das Haus verließ. Sie wollte diese Frau nicht sehen!

Plötzlich wurde ihr bewusst, dass sie hektisch an ihren Fingerkuppen nagte. Wieso hatte sie auch das Rauchen aufgegeben. Nur weil Jan der Rauchgeruch störte. Das alles tat sie für ihn, für diesen wunderbaren Mann. Und der war es nicht wert!

Sie wühlte im Handschuhfach nach der Zigarettenschachtel, die sie dort deponiert hatte. Natürlich, die hatte Jan längst gefunden und entsorgt. Langsam stieg Ärger und Wut in ihr hoch. Sie fragte sich, ob sie ihren Plan wirklich umsetzen sollte. Ging sie jetzt ins Haus und tat überrascht, was für ein Gast sich bei Jan aufhielt. Oder machte sie gleich eine Szene, wenn sie die beiden erwischte? Oder sollte sie ihnen durch ein fröhliches Hallo und ein extrem langsames Ankommen im Haus, Zeit für Ausreden und Beteuerungen geben?

Anke überlegte und betrachtete die regennassen Büsche auf der anderen Seite der Straße. Ihre Uhr zeigte viertel vor zehn. Eineinhalb Stunden Joga, mit An- und Abfahrt, waren fast um. Seit fast einer halben Stunde saß sie nun hier und wartete und überlegte. Wenn sie diese Katze nicht sehen und auch Jan nicht mit ihren Erkenntnissen konfrontieren wollte, sollte sie sich vom Haus fernhalten. Eines wurde ihr bei ihrem Nachdenken klar, sie wollte Jan nicht verlieren.

Aber sie hatte doch nicht umsonst hier im Nieselregen ausgeharrt. Da kam ihr eine Idee. Einen Denkzettel sollte diese Katze bekommen. Der würde ihr in Erinnerung bleiben, da war sie sicher. Ob sie dann noch einmal ihren Kater hier vernaschen wollte, würde sich zeigen.

Anke griff noch einmal ins Handschuhfach. Sie wusste ganz sicher, sie hatte das Schweizer Taschenmesser hier deponiert. Sinnigerweise war es ein Geburtstagsgeschenk von Jan, das sie sich letztes Jahr von ihm gewünscht hatte. Kühl und glatt lag es in ihrer Hand. Und Rot war es, wie der Sportwagen der Geliebten ihres Mannes. Sie klappte die größte Klinge aus, die es gab. Bei ihrer geringen Länge war sie sich nicht sicher, ob sie ausreichen würde.

War das ein Glück, dass sie in einer Sackgasse wohnten. Kein Auto, kein Spaziergänger, kein irgendwie gearteter Hund weit und breit! Anke öffnete die Wagentür und stieg aus. Sie zog den Reißverschluss ihrer Jacke hoch und zerrte die Kapuze um den Kopf. Die Sache könnte ein bisschen dauern.

Der rote Wagen stand freundlicherweise nicht direkt unter einer Straßenlampe. Anke bückte sich zum ersten Reifen. Sie drückte so fest sie konnte. Sie hatte sich das leichter vorgestellt: Ein Stich, und mit einem leisen Pfff würde ihr die Luft entgegenströmen. Sie merkte bald, ein Schnitt reichte hier nicht aus. Irgendwie war das Material der Reifen doch dicker, als sie dachte. Sie suchte dünnere Stellen, in der Nähe des Ventils an denen sie das Messer ansetzte. Zischen hörte sie auch jetzt keines. Aber das war ihr auch nicht mehr wichtig. Langsam geriet sie geradezu in einen Rausch. Sie stach und stach und konnte gar nicht mehr aufhören. Ihr war, als würde sie die Besitzerin des Wagens erstechen und immer wieder erstechen. Der Schweiß lief ihr von der Stirn und die Arme taten ihr weh.

Im Nachbarhaus ging ein Licht an. Anke hielt erschöpft inne. Oh nein, das hatte sie vergessen. Frau Häussler würde ihren Leo noch Gassi führen, wie jeden Abend. Sie musste weg. Schnell huschte sie in ihr Auto, und schloss vorsichtig und leise die Tür. Sie machte sich klein auf ihrem Sitz, bis die Nachbarin mit ihrem kleinen Hund auf dem Fußweg Richtung Park verschwunden war.

Anke war immer noch außer Puste. Sie musste sich erst einmal beruhigen. Dann nahm sie ihr Handy aus der Tasche und rief Jan an.

Er nahm sofort ab. Waren die beiden also schon im Abschiedsmodus? Da würde sie ihnen jetzt ein kleines Geschenk machen. Sie berichtete Jan, dass sie heute später vom Joga kommen würde, die Lehrerin habe Geburtstag und das wollten sie feiern.

„Rechne nicht mit mir, vor zwölf", sagte sie. Bis dahin, dachte Anke, sollte die Luft doch aus einem der Reifen entwichen sein. Während sie zu ihrer Bar zurückfuhr, stellte sie sich vor, wie die beiden vor dem Sportflitzer standen und heftig darüber diskutierten, wieso die Reifen ohne Luft waren und was nun auf die Schnelle zu tun sei.

Als Anke kurz nach zwölf Uhr, wieder in die Schlehenstraße einbog, gut gelaunt nach dem Genuss eines köstlichen, nichtalkoholischen Cocktails, musste sie einem riesigen Abschleppwagen ausweichen.

Ja, Katze, dachte sie, zufrieden lächelnd, während sie einparkte, auch andere Tiere besitzen Krallen, man sieht sie nur meist nicht. Sie fragte Jan nicht danach, was draußen gewesen sei, umarmte ihn liebevoll und trank noch ein Glas Sekt mit ihm. Die Flasche war sowieso schon geöffnet.

# Schmidt mit dt

Karl Georg Schmidt war ein unverträglicher Geselle. So einfach sein Name, so einfach war auch sein Gemüt. Schmidt mit dt, war seine Begrüßungsfloskel, wenn er übel gelaunt war. Und Schmidt war meistens übel gelaunt. Er war ungenießbar, ja bösartig geworden, seit seine Frau gestorben war. Niemand konnte es ihm recht machen. Böse Zungen, genauer gesagt, die der Nachbarn, wunderten sich nicht, dass seine Ehefrau so überraschend das Weite gesucht hatte. Jetzt stand Karl Georg Schmidt mit dt allein im Leben und machte es seinen Mitmenschen noch schwerer. Eine Eigenschaft von ihm war besonders gefürchtet: Wenn ihm jemand widersprach, was immer seltener vorkam, geriet er außer sich vor Wut. Er sah dann regelrecht Rot, wie man so sagt. Wenn Schmidt Rot sah, konnte man an seinem Gesicht sehen, wie sein Blutdruck ins Unermessliche stieg. Dann zuckten seine Augenlider, die Pupillen drehten sich im Kreis, wie man das aus Comicheften kennt und seine Kopfhaare stellten sich wie von Geisterhand nach oben. Wenn er dann noch zu schwitzen anfing, die Fäuste in den Taschen ballte und unruhig mit den Füßen zu scharren begann, war es höchste Zeit das Weite zu suchen. Das war mit der Grund, warum seine Nachbarschaft immer zügig an ihm vorbeiging, wenn sie ihn sahen. Sie nahmen sich nicht mehr die Zeit für ein kurzes, wenn auch noch so oberflächliches Gespräch. Nicht einmal einen Gruß war er ihnen noch wert.

Niemand wunderte es, dass der mittlerweile siebzigjährige Misanthrop vereinsamte. Sein Tagesablauf war immer derselbe: Sieben Uhr aufstehen, frühstücken, Zeitung lesen, im Garten die notwendigen Arbeiten erledigen, das Tagesgericht beim Metzger abholen, was oft zu Auseinandersetzungen führte und zu Mittag essen. Im Anschluss machte er ein kleines Nickerchen, bevor er seinen täglichen Spaziergang entlang des frisch aufgeschütteten Kanals unternahm. Dieser Nachmittagsspaziergang war für Karl Georg das eigentliche, immer wiederkehrende Highlight des Tages. Auf diesem einsamen Weg pflegte er seine einzigen Kontakte. Er machte an einer Koppel Halt, auf der zwei abgehalfterte Pferde ihr Leben fristeten und ein herrenloser Hund herumstreunte. Bei den Tieren glaubte er so etwas wie Solidarität zu spüren. Die Tiere verstanden ihn und er sie. Bei ihnen konnte er sich gehen lassen und musste sich in keinem Wettkampf um freie Einkaufswägen, überhöhte Telefonrechnungen oder falsch ausgefüllte Überweisungen behaupten. Hier an der Böschung das Kanals konnte er sich entspannt auf die Steinstufen setzen, nach oben in den blauen Himmel schauen und seine geschundene Seele, von denen die anderen glaubten, er hätte sie längst verkauft, zur Ruhe kommen lassen.

An diesem Tag, es war der Geburtstag seiner verstorbenen Frau, war der Himmel besonders blau – himmelblau sozusagen. Er legte seinen Kopf weit zurück und blickte minutenlang in dieses unendliche Blau. Kein Wölkchen, kein Kondensstreifen oder irgendetwas anderes störte diese strahlende blaue Unendlichkeit, die die Erde zu umarmen schien. Die Zeit stand eine Weile still für Karl Georg Schmidt. Er starrte in dieses blaue Loch, in diese Energiequelle, wie in ein schlagendes blaues Herz. Es ließ sich kaum ein passendes Wort finden, das auch nur im Ansatz diesem Naturschauspiel hätte gerecht werden können. Es war wie ein gewaltiger Sog, voller Kraft und Energie, dem er sich nicht entziehen konnte und auch nicht wollte. Erst als der räudige Hund begann, die Hand von ihm abzuschlecken, zwang er sich, seinen Blick von dem blauen Wunder abzuwenden. Er schaute auf das Tier hinunter und wunderte sich, dass sich das Fell von seiner graubraunen Farbe in ein Blau verwandelt hatte. Zunächst dachte er sich nichts dabei. Klar doch, versuchte er sich zu beruhigen, wenn man so lange in ein und dieselbe Farbe stiert, werden die anderen Farben ausgefiltert. Dann sieht man eben nur noch diesen einen Farbton. Schmidt blickte nun auf und schaute in die Richtung des kleinen Waldes. Auch die Bäume erschienen ihm in nur einem Farbton, in Himmelblau. Als er zu den beiden Pferden hinübersah, waren auch diese blau gefärbt. Er erinnerte sich an seinen letzten Museumsbesuch. Vor mehr als dreißig Jahren musste das gewesen sein. Dort sah er auch ein Bild mit blauen Pferden. Er überlegte wie der Maler damals hieß, den er so verspottete hatte. Franz Marc. Er lächelte verschmitzt vor sich hin und wunderte sich im Geheimen, dass ihm nach so langer Zeit dieser skurrile Maler wieder eingefallen war.

Er hatte gelächelt. Das fiel ihm jetzt erst auf. Nach so vielen Jahren hatte er wieder gelächelt. Er rieb sich die Augen. Es war, als hätte er eine Brille mit blau getönten Gläsern auf. Wie konnte das sein, fragte er sich? Einerseits war er verunsichert über diese nicht zu erklärende Veränderung, anderseits gefiel ihm dieser neue Farbklang. Die Reduktion seiner Umgebung auf nur einen Farbton beruhigte ihn zusehends und stimmte ihn friedfertig. Er machte sich zügig auf den Heimweg und sprach unterwegs mehrere Menschen auf dieses Phänomen an, um zu klären, ob er vielleicht verrückt geworden war. Doch niemand bestätigte ihm, dass sich die Welt eine neue Farbigkeit zugelegt hatte. Er ging zu seinen Nachbarn und zu seinem Metzger, aber alle versicherten ihm, dass nichts besonders passiert sei.

Karl Georg Schmidt genoss den neuen Blick in die Welt durch diese fiktiven blauen Gläser. Alles wirkte positiver, gefälliger, friedlicher und freier auf ihn. Diese äußere Veränderung hatte auch in seinem Wesen Spuren hinterlassen. Er wurde immer freundlicher, zugewandter und hilfsbereiter. Die Menschen wunderten sich natürlich, warum der bösartige Schmidt mit dt auf einmal so gesprächig und kommunikativ geworden war. Für alle überraschend nahm Schmidt nun auch am allgemeinen Dorfleben teil. Er gründete einen Schachklub und organisierte Fahrten in das nahegelegene Kunstmuseum. Freilich, einen Franz Mark gab es da nicht, aber viele andere Kunstwerke, die die Mitgereisten in eine ähnliche phantastische Welt mitnahmen, wie die, in der sich Karl Georg aufhielt. Die Bürger der kleinen Gemeinde bewunderten den alten Herrn Schmidt für seine moderne Sichtweise und witzelten manchmal über ihn, indem sie sagten:

„Unser Herr Schmidt sieht jetzt vieles anders unter seiner rosaroten Brille." Und sie wussten nicht, wie nahe sie an der Wahrheit waren.

# Rot wie Blut

Weiß wie Schnee, rot wie Blut, schwarz wie Ebenholz. Cara wiederholte es für sich in einer Endlosschleife. Weiß wie Schnee, rot wie Blut, schwarz wie Ebenholz. Birkenweg. Cara schreckte auf, als sie die Stimme des Fahrers aus dem Mikrofon sagen hörte: Birkenweg. Sie griff sich ihren Rucksack und war vorne am Einstieg, ehe der Bus zum Halten kam. Sie kannte den Fahrer. Er wurde schnell sauer, wenn man trödelte und er zu lange an der Haltestelle stehen musste.

„Sagst du heute nicht Auf Wiedersehn zu mir?", rief er Cara nach, als sie, ohne ihm einen Blick zu gönnen, die Stufen hinabstieg. Sie drehte sich nicht um, rief nicht wie sonst: „Wiedersehn Herr Maurer". Heute war ihr das nicht wichtig. Nichts war heute wichtig, außer sie selbst.

Weiß wie Schnee, rot wie Blut, schwarz wie Ebenholz. Sie dachte ihn, diesen Spruch aus dem Märchen und stand vor der Haltestelle. Stand einfach da. Sie sah das kaputte Glasdach, die drei Latten der Holzbank, die zerrissenen Aushänge.

Als sie sich auf die schmalen Reste der Bank setzte, war der Bus angefahren und bog fast schon in die nahe Erlenstraße ein. Außer ihr hatte niemand den Bus verlassen. Wer hätte das auch sein sollen, hier wohnte ja sonst kaum jemand.

Unversehens befand Cara sich allein an der verlassenen Straße, in dem Wartehäuschen, das eigentlich keines mehr war.

Simon war also doch nicht gekommen. War wohl aufgehalten worden. Er wusste Bescheid, wusste, wohin sie am frühen Morgen gefahren war. Er wusste auch, was sie getan hatte in der Stadt und war damit einverstanden. Ich habe es auch für dich getan, Simon, dachte sie, als sie so saß und sich fühlte wie ganz allein und verlassen in der Welt.

Ab der Taille abwärts hatte sie ein komisches Gefühl. Es war kein Schmerz. Es war, als ob ihr etwas fehlte, tief innen. Und das war es doch auch. Sie hatte etwas verloren. Etwas, das ihr wichtig war. Etwas, das nicht nur in ihrem Bauch nistete. Dieses Etwas hatte auch ihre Gedanken erfüllt und ihre Wünsche und Sehnsüchte. Wie sehr hatte sie sich doch ein Kind gewünscht, von Simon. Wie hatten sie beide es sich ausgemalt, so winzig, mit so kleinen Händen und die Finger so zart wie die Stängelchen einer Blume. Und die Nase sollte es von Simon haben und die Augen von ihr, von Cara. Und Haare sollte es haben, schwarz und fein wie Federflaum. Als es dann soweit war, als es Cara zur Gewissheit wurde, war alles anders gewesen.

Weiß wie Schnee, rot wie Blut, schwarz wie Ebenholz. Der Spruch wollte und wollte ihr nicht aus dem Sinn. Ja, dachte sie jetzt, es ist ein Märchen gewesen. Sie hatten sich ein Kind erträumt und alles andere darüber vergessen. Vor allem ihren Vater. Der würde nie, niemals einer Heirat zustimmen. Er hatte ihr verboten, sich mit Simon zu treffen. Mit diesem Hungerleider. Ihr Vater, dieser bigotte Mensch, überwachte sie, wo er nur konnte. Die Mutter machte die Augen zu und sah und hörte nur das, was sie wollte. Und vor allem hörte sie den Vater und den lieben Gott. Von ihr war keine Hilfe zu erwarten. Auch mit Simon war es schwierig. Er lebte mit seinem Vater allein auf dem kleinen Hof am Waldrand, nahe der Kiesgrube. Über seine Mutter wollte er nicht sprechen. Die gab es nicht mehr für ihn. Sie hatte den Vater und Simon wohl schon vor längerem verlassen, so ging das Gerücht.

Cara spürte ein heftiges Ziehen im unteren Bauch. Ihr war schwindlig und ganz elend zumute.

Rot wie Blut. Hoffentlich hielten die Bandagen.

Vielleicht hatte der Spruch ja recht. Vielleicht stand das Weiß vom Schnee ja für die Reinheit, die sie jetzt verloren hatte. Sie hatte nicht viel gesehen, aber das wenige war so rot gewesen, so blutrot, dass sie es nicht aus ihren Gedanken bannen konnte. Wofür aber stand dann das Schwarz? Die Mutter, die ihr das Märchen von Schneewittchen früher vorgelesen hatte, durfte sie da nicht fragen. Sicher würde sie von der Sünde reden, von der ewigen Verdammnis die ihr nun wohl auch bevorstand.

Oder sollte es etwa ein kleiner Sarg sein, aus Ebenholz, in dem nicht nur das Wesen, das hätte sein können, lag, sondern auch all die Wünsche und die große Sehnsucht danach und die Traurigkeit. Eines war sicher, noch einmal wollte sie so einen Verlust nicht hinnehmen müssen. Sie hatten es dieses Mal gemeinsam beschlossen, sie und ihr geliebter Simon. Sie waren zu jung dafür, das war ihnen bald klar geworden. Sie mussten erst die Schule beenden. Immer wieder hatten sie alles besprochen, das Für und Wider und sich das Unmögliche klar gemacht. Tränen und Traurigkeit hatten ihre Treffen begleitet. Dann stand ihr Entschluss fest. Später würden sie sich an alles erinnern und ihre Sehnsüchte wahr machen.

Plötzlich verspürte Cara ein flaues Gefühl im Magen. Sie hatte den Tag über noch nichts gegessen. Sie holte ihre Wasserflache und die Vesperdose aus dem Rucksack. Essen konnte sie noch nichts. Aber das kühle Wasser tat ihr gut. Sie trank und trank, bis die Flasche leer war.

Als Simon dann mit dem Traktor um die Ecke bog und ihr von ferne zuwinkte, stieg noch einmal das ganze Elend und die schreckliche Traurigkeit und die große Verlassenheit in ihr hoch. Warum hatte er denn nicht mit ihr kommen können? Sie war so allein.

Simon stieg ab und nahm sie in den Arm und da flossen die Tränen aus ihr, als wollten sie nie mehr aufhören.

Er hielt sie ganz fest und murmelte immer wieder: „Ach, du Arme, du Arme", und strich ihr sachte über den Rücken. Als die Tränen versiegten fragte er leise in ihr Haar hinein: „War es richtig so"? Cara antwortete tapfer: „Ja, es war richtig so, aber ein nächstes Mal würde es nicht mehr richtig sein".

# Taubenbillard

„Die Geschlechtsreife und das Brutverhalten der gemeinen Stadttaube" war der Titel von Hanna Jakobs Diplomarbeit, die nach unzäh-
ligen Versuchen und Experimenten kurz vor ihrer Fertigstellung
stand. Hannas Betreuer, Professor Darius Lopes war mit ihrem Ansatz
und ihren Erkenntnissen zufrieden. Das Ganze musste nur noch in
eine Form gebracht werden und von zwei weiteren promovierten
Ornithologen anerkannt werden.

„Die Stadttaube oder Straßentaube stammt größtenteils von ver-
wilderten Haus- und Brieftauben ab. Die Herkunft der Straßentauben
ist aber nicht restlos geklärt. Stadttauben legen meistens zwei weiße
Eier und das mehrere Male im Jahr. Ihre Brutdauer beträgt sechzehn
bis achtzehn Tage und die Nestlingszeit zirka zweiundzwanzig Tage."
So begann Hannas Diplomarbeit. 264 Seiten umfasste sie und Professor Darius Lopes hatte schon durchblicken lassen, dass die dort
beschriebenen Erkenntnisse eine gute Grundlage für eine anschließende Doktorarbeit darstellen würde. Doch Hanna war nicht zufrieden. Sie hatte ein halbes Jahr über die Vögel geforscht, sie in den
unterschiedlichsten Lebenssituationen erlebt, doch etwas wirklich
Überraschendes hatte sie nicht entdeckt. Das Meiste war von Ornithologen schon angedacht und auch, zumindest im Ansatz, publi-
ziert worden. Ihre ganzen Versuche und Beobachtungen hatte sie
im Ergebnis so erwartet, aber etwas wirklich Neues, etwas, was die
bisherige Forschung auf den Kopf gestellt hätte, war nicht dabei. Lag
es an den Tieren, die sich den Lebensraum mit den Menschen schon
so vorhersehbar aufgeteilt hatten oder an ihren Forschungsideen,
die einfach zu wenig experimentell waren? Diese Fragestellung ließ
Hanna nicht mehr los. Dann war Deadline. Die Abgabe stand vor der
Tür und Hanna war es nicht gelungen einen neuen Fragenkomplex
zum Thema ihrer Arbeit aufzustellen. So entschied sie sich schweren
Herzens ihre Diplomarbeit abzuschließen und traf sich am Vorabend

der Abgabe mit ihrer Clique im Capitol, einer der angesagten Billard-clubs der Stadt. Poolbillard. Es ging wie immer hoch her. Billardku-geln knallten aufeinander, drifteten in voraus berechneten Wegen auseinander oder prallten eher zufällig zusammen. Die Stimmung wurde immer ausgelassener. Die ersten Bierflaschen säumten den Rand des Billardtisches und die Jungs der Clique nutzten die Spiel-pausen zu dem, was sie besser als das Billardspiels beherrschen – sie machten die Mädels an.

„Die meisten Tauben sind schon nach sechs Monaten geschlechts-reif. Sie balzen und paaren sich das ganze Jahr." Hanna lächelte, als sie an diese Zeilen in ihrer Diplomarbeit dachte. Mensch und Tier, wie nah sie sich doch in ihrem Verhalten waren. Warum spielen Tauben nicht auch Billard, überlegte sie? Bevor die Gruppe sich grölend auf den Heimweg machte, nahm sie zwei der weißen hochglanzpolier-ten Billardkugeln in die Hand und traf eine ungewöhnliche Entschei-dung: Sie wird diese schweren Kunststoffkugeln mitnehmen und in das Nest eines Taubenpaares, das zurzeit unter der Stadtbrücke ihre Brut mit zwei Eiern pflegte, hineinlegen. Professor Lopes war einver-standen, als er vom geplanten Experiment Hannas hörte. Sie zog ihre bereits gedruckte Arbeit zurück und bekam die Erlaubnis für weitere vierzehn Tage das Taubenpaar mit Fernglas und einem Nachtsicht-gerät zu beobachten.

Schon zu Beginn sorgten sich die Tauben mehr um die weißen Billardkugeln als um ihre tatsächliche Brut. Vielleicht war es die per-fekte, kreisrunde Form der Kunststoffkugeln, die den Taubeneltern besonderes Vergnügen bereitete. Vielleicht aber auch die unge-wöhnlich hohe Anzahl von zu erwartenden Nachkommen, die diese besondere Fürsorge der Tauben entstehen ließ. Hanna entwickelte dazu einen mehrseitigen Fragenkatalog, den sie in den beiden nächs-ten Wochen abarbeiten wollte. Nach zehn Tagen waren die beiden jungen Tauben erwartungsgemäß ausgeschlüpft und Hanna bat Pro-fessor Lopes noch einmal um drei Wochen Aufschub. Nach weiteren zwanzig Tagen verließen die Jungvögel das Nest, doch die Tauben-eltern brüteten weiter. Sie bewegten in regelmäßigen Abständen die beiden Billardkugeln hin und her, vor und zurück. Das helle Klacken das dabei entstand, schien die brütenden Tauben nicht zu stören. Im Gegenteil, es machte ihnen sogar Freude, wenn man ihr aufgeregtes Gurren so interpretieren wollte. Als Taubenbillard bezeichneten die Nachbarn dieses weit hörbare Klacken und auch der örtlichen Presse und dem Tierschutzverein blieb dieses ungewöhnliche Treiben nicht verborgen. Es gab erste Proteste, kleinere Demonstrationen und Petitionen wurden eingereicht. Befürworter und Gegner hielten sich dabei in etwa die Waage. Der Städtische Kindergarten, zwei Klassen der Grundschule, das Altenheim und selbst die Männer vom Bauhof, besuchten in den folgenden Tagen das Taubennest. Auch der Billardclub profitierte von dem ganzen Rummel um die brütenden Tauben. Seine Mitgliederzahl hatte sich in einer Woche nahezu verdoppelt. Irgendjemand behauptete schließlich, dass das Taubenpaar Jungvermählten Glück bringen würde. Ab diesem Tag fanden die Tauben keine Ruhe mehr. Das Versprechen auf Glück wurde innerhalb kürzester Zeit auf alle nur denkbaren Bereiche ausgedehnt. Jeder abergläubische Mensch und da gab es viele, suchte von nun an das Nest auf, um sich das zu erbitten, um was sie bisher in den Kirchen gefleht hatten. Dies brachte weitere Unruhe mit sich. Die beiden Kirchen mussten wegen mangelnder Besucher schließen.

„Statt einem goldenen Kalb beten die Menschen heute graue Tauben an", schimpfte der Stadtpfarrer und schloss sich dem Verein für Tontaubenschießen an. Hanna hatte natürlich längst wieder den Termin für die Abgabe verpasst und Professor Lopes legte ihr nahe ein weiteres Semester anzuhängen.

Hanna führte ihre weiteres Studien mit größter Sorgfalt fort, denn sonst wäre ihr nicht aufgefallen, dass das Taubenpaar an jedem Tag zur selben Zeit die beiden Billardkugeln auf den gleichen Linien hin und her schupste. Mit Hilfe des Nachtsichtgerätes hatte sie herausgefunden, dass die Tauben auch nachts die weißen Kunststoffkugeln, wenn auch nur im Millimeterbereich, auf den gleichen Linien wie tags bewegten. Ihr betreuender Professor fand das äußerst bemerkenswert und wollte diese neuen Erkenntnisse möglichst schnell der internationalen Wissenschaft zugänglich machen. Er half Hanna einen digitalen Messtisch zu installieren, mit dem es möglich wurde die geheimen Wege der Kugeln bei Tag und Nacht zu kartografieren. So entstanden zahlreiche Messprotokolle, die den unterschiedlichsten Wissenschaften zur Auswertung zur Verfügung gestellt wurden. Doch keiner der wissenschaftlichen Koryphäen war in der Lage in den Messungen ein nachvollziehbares System oder gar einen größeren Sinn zu erkennen. Professor Lopes und Hanna Jakob waren drauf und dran die ganze Sache dem Papiermüll zuzuführen. Aus der Diplomarbeit wäre dann natürlich nichts geworden, was auch nicht schlimm gewesen wäre. Denn Hanna hatte durch ihre Beobachtungen und den Kontakten zu arrivierten Ornithologen bereits große Aufmerksamkeit erreicht und hatte von verschiedenen Instituten mehrere Angebote bekommen, um ihr Wissen auch ohne Diplom einzubringen.

Einem Zufall war es dann zu verdanken, dass sich eines der Messprotokolle beim hiesigen Billardclub verirrte. Einer der Clubmitglieder interpretierte das Protokoll mit diesem Gewirr von Linien als eine Skizze von aufeinanderfolgenden Billardstößen. Er nahm seinen Queue und versuchte die Linienabfolge nachzuspielen, wie das auch Schachspieler mit bekannten Schachpartien tun. Es war verblüffend! Die Kugel lief wie am Schnürchen, stieß gezielt andere an, strich sanft an der Bande entlang, um noch zwei weitere Kugeln in die entsprechenden Löcher des Spielfeldes zu versenken. Als dieser Zusammenhang erkannt wurde, bat Hanna den Billardclub alle Messprotokolle nachzuspielen. Die Ergebnisse dieser Versuche waren nicht vorhersehbar: Die Kugel fand fast immer, wie von alleine, ihr Ziel. Innerhalb weniger Stöße war das Feld des imaginären Gegners abgeräumt. In Rekordgeschwindigkeit. Immer und immer wieder. Alles wurde protokolliert. Zweifach. Einmal für Hannas Studien und einmal zu Schulungszwecken für den Billardclub.

Hanna Jakob wurde von ihrer Diplomarbeit befreit. Sie bekam eine Anstellung in der Orthologischen Fakultät der hiesigen Universität. Wegen ihrer herausragenden wissenschaftlichen Leistung hatte sie die Möglichkeit auch ohne Diplom oder erfolgreicher Masterarbeit zu promovieren. Nach weiteren drei intensiven Jahren der Erforschung vom Verhalten der gemeinen Stadttaube erhielt sie den Doktortitel. Mit gerade mal vierundzwanzig Jahren erhielt sie eine Professur und war damit die jüngste Professorin aller Zeiten an der hiesigen Universität.

Hanna ging weiterhin mit ihrer Clique zum Billardspielen ins angesagte Capitol. Dass sie fast immer gewann, wunderte niemanden. Keiner kannte den Lauf einer Billardkugel so genau wie sie und konnte die Auswirkung eines jeden Stoßes so präzise voraussehen.

# Aus dem Nest

Marga Klein tauchte nur schwer aus ihrem Traum empor. Selbst als sie die Hand auf den Knopf des Handys drückte, und das durchdringende Geräusch zum Verstummen brachte, war sie noch nicht in der Gegenwart angekommen. Mühsam setzte sie sich auf, weil sie das immer so tat. Das hatte sie sich angewöhnt. Aber sie selbst irrte in ihren inneren Bildern noch immer verzweifelt durch die schmalen Gassen einer Altstadt. Ihr Körper gab sich der Schwerkraft hin und sank langsam wieder zurück. Als ihr Kopf das Kissen berührte, stieß der schrille Ton aufs Neue in ihre Ohren und diesmal unterbrach er alle Träume, nachhaltig.

„Oh nein"! Marga wälzte sich aus dem Bett. Sie wusste, wenn sie jetzt nicht dem fordernden Ton folgte, würde sie noch einmal hinabsinken in die Tiefen ihres Schlafes. Weshalb kann es nicht wenigstens gegen Morgen sein, fragte sie sich, griff nach dem Handy und eilte ins Bad. Zwei Stunden Schlaf waren eindeutig zu wenig. Sie zogen einen Menschen tief hinein ins Nirwana und es war schwer, das abzuschütteln und zurückzukehren. Wenigstens ihr ging es so. Aber es war ja nicht das erste Mal, dass sie nachts aus dem Bett musste.

Sie kannte die Stimme ihres Kollegen und wusste was kam: Sie wurde gebraucht.

„Keine schöne Sache", sagte er und gab ihr die nötigen Daten durch.

„Ich komme", gähnte Marga und stellte bei sich fest, dass auch ihr Kollege nicht sehr frisch klang. Sie ersparte sich das volle Programm. Ein paar Hände voll kalten Wassers mussten reichen. Schnell in die Kleider vom Vortag, die Schlüssel, eine Jacke vom Haken und los.

Marga ging nachts nicht gerne in die Tiefgarage. Obwohl sie eigentlich nicht ängstlich war, war ihr die Stille und das dämmerige Licht des weiten Raumes unheimlich. Wieder einmal stellte sie fest, dass all die dicken Karossen ihrer Mitmenschen in Ruhe und Frieden ganz geräuschlos ihre Plätze einnahmen. Die Menschen in ihren Betten, dachte sie, die Autos in ihren Boxen.

Als sie durch die leeren Straßen fuhr, war sie wieder einmal dankbar für die Stille, die sie umgab. Wenigstens jetzt war Ruhe. Allerdings, sie war unterwegs zu einem keineswegs ruhigen Ort. Geschäftig würde es zugehen in der Liststraße: Fahrzeuge über Fahrzeuge, Blaulicht, Krankenwagen und was noch alles, würden die Stille der Nacht aufbrechen.

Und was würde sie vorfinden? Elend. Das Wort kam ihr in den Sinn. Elend. Es war so passend. Immer war es Elend, das sie vorfand und immer war sie zuständig dafür. Wieder einmal kam ein Widerwille hoch in ihr. Ein schlechtes Gefühl machte sich in ihrem Magen breit. Sie griff in ihre Handtasche und wühlte nach dem Päckchen Kaugummi, das sie gestern beim Einkauf noch mitgenommen hatte. Sie drosselte das Tempo und schälte den dünnen Streifen einhändig aus dem Papier. Darin hatte sie Übung.

Aber es war nicht der leere Magen, der Marga Unbehagen bereitete. Sie wusste es nur zu gut. Es war das immer gleiche, das Entsetzliche, das sie erwartete.

Sie wusste, dass dieses Gefühl von Schrecken und Vergeblichkeit nicht immer da gewesen war. Früher war sie zu den Einsätzen gefahren, gespannt auf das, was kommen würde. Sie war aufmerksam gewesen, hatte sich schon vorher nach den Verhältnissen erkundigt. Bei der Hinfahrt hatte sie sich damals schon überlegt, wie sie vorgehen würde, wen sie anfragen und mit hinzuziehen könnte. Inzwischen hielt sich ihr Interesse in Grenzen. Seit ihrem Burnout vor zwei Jahren, hatte sich vieles geändert. Jochen hatte sie verlassen. Er wollte das nicht länger mitmachen, hatte er seinen Schritt in die Einsamkeit begründet. Sie war zurückgeblieben, genau so einsam wie er.

Wieso hatte sie auch diesen Beruf ergreifen müssen. Sie hätte Finanzbeamtin werden können, oder wenigstens Erzieherin. Dann hätte sie auch mit Kindern zu tun gehabt, aber nicht nur mit solchen, denen man alles genommen hatte. Sie beschloss zum wiederholten

Male, endgültig aufzuhören. Sie würde sich etwas anderes suchen, etwas Einfacheres. Alles wäre besser, als das, was sie machte. Sie war nicht die Einzige, die sich um die verlorenen Kinder kümmern konnte. Das Handy neben ihr meldete sich wieder. Marga hielt nicht an. Bei diesem geringen Verkehr konnte sie das machen. „Ich bin fast da", ließ sie ihren Kollegen wissen. Und das stimmte auch. Das Navy zeigte ihr noch zwei Straßen an bis zum Ziel.

Schöne Gegend, dachte sie, als sie in die Allee mit den hohen Bäumen einbog. Reiche Gegend. Es hatte leise angefangen zu regnen. Vor sich sah sie den Auflauf, den sie erwartet hatte. Blinklichter durchzuckten rhythmisch die Nacht. Die Zufahrt zum Haus schien mit Fahrzeugen versperrt zu sein. Marga parkte und zog sich beim Aussteigen die Jacke über. Dann suchte sie nach dem Fahrzeug der Kollegen. Dunkle Gestalten liefen hin und her und begrüßten sie. Trotz der offensichtlichen Hektik, verlief alles ohne großen Lärm. Marga dachte wieder einmal: Wie in Watte, und fragte sich, ob nur sie sich so fühlte, zu dieser Nachtstunde, in dieser Dunkelheit gepaart mit Geschäftigkeit ohne Ende.

Als sie bei ihrem Polizeibus ankam und kurz klopfte, kam Roby ihr Kollege eilends heraus, drückte die Türe jedoch schnell hinter sich zu. „Der Vater hat die Mutter erstochen, lange angekündigt. Es gab immer wieder Anzeigen. Die Frau wollte den Mann nicht verlassen", berichtete er knapp. Marga sah Roby an und sagte: „Konnte, konnte ihn nicht verlassen".

„Du hast recht", sagte er düster, „der hätte sie überall gefunden, so gewalttätig wie der war und mit dem vielen Geld, das der hat".

„Und wer sitzt da drin"? Marga zeigte auf das Fahrzeug.

„Das Kind der beiden, ein Mädchen. Angeblich sieben Jahre alt. Sie war dabei. Sie spricht nicht". Damit schob er die Türe zur Seite und Marga stieg ein.

Vor ihr saß ein Mädchen, sehr dünn und auf ihrem Sitz zusammengesunken, ohne irgendeinen Halt. Mit großen Augen sah es zu Marga hoch. Um die Schultern hatte es eine kleine Decke geschlungen. Darunter trug es ein Nachthemd mit aufgedruckten Vögeln, die in ihren Nestern saßen.

Viele Nester, viele Vögel. Und du bist aus deinem Nest gefallen, du kleiner Vogel du, dachte Marga. Nichts wird mehr sein, wie es war.

Sie lächelte das kleine Mädchen freundlich an, setzte sich neben sie und fragte: „Darf ich dich in den Arm nehmen"?

# Sonnenuntergang

Seemöwen schreien um die Wette. Das Licht räumt langsam seinen Platz. Der Duft reifer Zitronen, sauer und süß zugleich, will nicht weichen. Das Meer glitzert in der Ferne wie flatternde Aluminiumfolie. Kein Mensch ist in der Nähe. Die Erde dieser von Göttern bevorzugten Insel fühlt sich feucht an, an diesem späten Septemberabend, hier an der Steilküste von Taormina in Sizilien.

Kühle, feuchte Erde hat einen ganz eigenen Geruch. Sie duftet nach Leben und Tod zugleich. An diesem Abend wird der scheidende Tag sein Versprechen wiederzukehren nicht halten. Nicht für Ales-sandra Moretti. Es wird ein endgültiger Abschied werden für die siebzehnjährige Sizilianerin aus Taormina. Das rote, lange Kleid wird allen in Erinnerung bleiben - und der Brief natürlich auch. Ihn wird man in der Vitrine im Hausflur der Morettis finden. Viele werden sich fragen warum sie so auffällig stark geschminkt und warum sie nicht zur Polizei gegangen war. Sie hätte doch mit ihrem Vater oder ihrem älteren Bruder Frederico, mit dem sie eine besonders enge Geschwisterliebe pflegte, sprechen können. Auch Signore De Luca, der Pfarrer von Santa Maria del Vergini, bei dem sie ihre Taufe erhalten und der relativ moderne Ansichten hatte, hätte sicher ein offenes Ohr für sie gehabt. Doch zu groß erschien ihr die Schmach, die sie über ihre Familie bringen würde. Die Dorfgemeinschaft würde sie verbannen, sie ausstoßen und die ganze Familie müsste mit diesem Makel in dem kleinen Bergdorf weiterleben. Für immer und ewig.

Es ist ein schöner Abend zum Sterben. Die Seemöwen streiten sich um die besten Plätze. Die Natur hält den Atem an. Die Murmeltiere stoppen ihre angeregte Unterhaltung und nehmen gemütlich Platz vor ihrem Bau. Ein einsames Segelschiff nimmt reiß aus in Richtung Horizont. Völlige Windstille, keine Brise aus Südwest wie sonst.

Totenstille, denn Signore De Luca hat zur vollen Stunde das Läuten vergessen. Es ist ein milder Abend.

Ich weiß liebe Leserin und lieber Leser, jetzt erwarten Sie, dass irgendetwas Überraschendes passiert. Dass eine Wendung eintritt und die junge Frau doch nicht springt. Eine Geschichte verlangt ein gutes, versöhnliches Ende. Der Leser, die Leserin verspürt dann so etwas wie Dankbarkeit für den Autor. Aber ich muss Sie enttäuschen! Diese Geschichte geht nicht gut aus. Nicht für Alessandra Moretti und nicht für das Dorf. Jetzt müssen Sie sich entscheiden, ob Sie das Buch zuklappen, weil Sie nicht miteinverstanden sind, dass diese Geschichte tragisch zu Ende geht. Die Wahrheit ist oft schwer zu ertragen. Besonders dann, wenn die eigenen Erwartungen nicht erfüllt oder sogar über den Haufen geworfen werden. Diese Geschichte ist durchwoben von schmerzhaften Ereignissen, die ich jetzt weitererzählen möchte:

Alessandra sprang. Ihr weißer Strohhut blieb länger in der Luft als ihr jugendlicher Körper. Wie die Pollen des Löwenzahns segelte der Hut die Steilküste hinunter und verfing sich im Geäst eines der Zitronenbäume. Ihre neuen weißen Turnschuhe, die sie vor einer Woche zu ihrem siebzehnten Geburtstag von ihren Eltern geschenkt bekommen hatte, standen geordnet nebeneinander, noch oben auf dem Felsvorsprung. Alessandras Kopf war es von Weitem nicht anzusehen, dass er durch den Aufprall aufgeplatzt war. Sie lag auf dem Bauch, hatte die Arme leicht nach außen verdreht und ihre Beine leicht von sich gespreizt. Eigentlich lag sie ganz friedlich da. Zumindest sah das aus der Ferne für ihren Bruder Frederico so aus. Er hatte sie damals gefunden, nachdem das ganze Dorf nach ihr gesucht hatte. Frederico hatte in seiner Verzweiflung seine Schwester auf seinen starken Armen vom Strand die 136 Stufen hoch ins Dorf getragen. Wie eine Trophäe. Aber es war keine. Es war eine Anklage, an die gesamte Dorfgemeinschaft und ihre uralten Regeln und Gesetze. Der älteste Sohn der Morettis brachte seine tote Schwester zu Dottore Accardi, dem Arzt des Dorfes. Der stellte fest, dass, man wagte es kaum auszusprechen, Alessandra schwanger gewesen war.

Die Karabinieri nahmen sich des Falles an und recherchierten den Fall zusammen mit einem Sonderermittler, der eigens dafür aus der Provinzhauptstadt angereist war. Das Dorf war gespalten wie nie zuvor. Die Konservativen, sehr traditionsbewussten Dorfmitglieder werteten den mittlerweile bewiesenen Selbstmord als Strafe für ein unzüchtiges Leben und daher als logische Konsequenz einer schmachvollen Schwangerschaft. Die andere Hälfte der Gemeinschaft sah den Freitod der jungen Frau als Beweis eines längst überholten und überwunden geglaubten, mittelalterlichen Ehrenkodexes, der sinnloser nicht sein könnte. Wochenlang gab es kein anderes Thema in dem Dreihundert Seelen Dorf und viele alte Freundschaften und Familienbanden zerbrachen zu jener Zeit. Eines Tages wurde es dann doch bekannt: Die Staatsanwaltschaft hatte ermittelt, dass der junge Giuseppe Rizzo, der jüngste Sohn des Ortsvorstehers, der Vater des ungeborenen Kindes gewesen war.

Alessandras Bruder Frederico war bis zu diesem Zeitpunkt kaum aufgefallen. Man nahm schon wahr, dass er stiller und wortkarger als zuvor seiner Arbeit auf der Zitronenplantage seines Vaters nachgegangen war. Aber dass er auf diese brutale Art den jungen Rizzo ermorden würde, darauf wäre niemand gekommen. Giuseppe Rizzo wurde gesteinigt auf demselben Strandabschnitt gefunden, wie vier Wochen zuvor Alessandra. Frederico Moretti wurde schon am folgenden Tag festgenommen. Man wunderte sich noch, dass er nach dem Rachemord nicht eiligst geflohen war. Die Morettis waren eine sehr angesehene Familie, die durch ihr Zitronenmonopol sehr wohlhabend geworden war und gute Kontakte bis nach Neapel hatte. Wäre der junge Moretti dorthin geflohen, hätte ihn wahrscheinlich niemand zur Rechenschaft ziehen können.

Doch er blieb — leider nicht lange — am Leben. Schon drei Tage später, noch bevor er dem Haftrichter vorgeführt werden konnte, fand man ihn in seinem eigenen Blut, mit einer roten Rose im Mund, auf dem Boden der Gefängniszelle liegend. Kopfschuss, war die offensichtliche Diagnose von Dottore Accardi. Jeder wusste um die exzellenten Verbindungen, man könnte auch sagen, Verknüpfungen der Familie Rizzo mit der Cosa Nostra. Alle Dorfbewohner verstanden das Zeichen der roten Rose im Mund des Opfers. Es war eine Drohung, ausgeführt durch die sizilianische Mafia. Und so nahm das Morden seinen Lauf. Immer wieder kam es zu unerklärlichen Unfällen und gelegentlich zu eindeutigen Mordtaten. Über zwanzig Jahre bekriegten sich die Morettis mit Familienmitgliedern der Familie Rizzo. Auch andere Familien wurden in diese Rachefeldzüge mit hineingezogen. Zwischenzeitlich wusste man gar nicht mehr so genau, was der eigentliche Anlass zu diesen grauenvollen Taten war. Die Polizei registrierte das natürlich mit Genugtuung.

„Was weg ist, ist weg!", war die Devise der meisten Mafiajäger zu dieser Zeit.

# Wo die Zitronen blühen

Alles um sie war klinisch rein. Alles weiß, was wohl Sauberkeit und Hygiene suggerieren sollte. Ina war sich bewusst, wo sie war. Auch dass der OP-Termin kurz bevorstand. Am späten Vormittag sollte es sein. Das hatten sie ihr mitgeteilt und sie war einverstanden gewesen. Was blieb ihr auch anderes übrig. Jetzt lag sie da, war zu schwach um etwas zu lesen oder anzuschauen. Auch Besuche sollte sie keine mehr empfangen. Dafür war sie dankbar. Sie dämmerte dahin, erwachte, blieb einige Zeit in diesem Zimmer und sank aufs Neue hinab in eine Betäubung, in eine Verlorenheit, in etwas zwischen allen Welten. Wenn sie die Augen aufschlug liefen ihr Bilder durch den Kopf wie eine Diashow. Mühelos gelang es ihr, zu den Personen und Landschaften die Ereignisse und die Jahre hinzuzufügen. Sie sah Urlaube vor sich mit der großen Familie erinnerte sich an viele schöne Begebenheiten. Vergnügte Tage mit Freunden huschten durch ihre Gedanken, vermischten sich mit den Jahren, mit Landschaften und Lebensaltern. Es hätte ein Durcheinander sein können, doch sie empfand es nicht so. Obwohl sie die Jahre nicht hätte benennen können, wusste sie doch, dass sie in diesem Erleben immer weiter zurückging.

An Sizilien erinnerte sie sich nicht wegen der Lage der Insel, oder wegen der herrlichen Strände. Auch das Meer in seiner Sanftheit und die blaue durchscheinende Luft welche die Tage von früh bis spät erfüllten, hatten kaum tiefere Spuren in ihrem Gedächtnis hinterlassen. Und doch tauchte all das als Kulisse in ihren Gedanken auf. Es war ein sehr besonderes Erlebnis, das sie rückblickend sah, die erste Begegnung mit Reichtum. Sie hatte das Gefühl, dass sie immer noch staunte, wenn sie an all das dachte, das diese Reise damals zum unvergessenen Abenteuer werden ließ.

Sie sah sich, jung und schmal, mit blonden, langen Haaren. Äußerlich deutete nichts darauf hin, dass dieses Kind, dieses junge Mädchen, in die Welt reisen sollte, in die große weite Welt. Ein kleiner Koffer, eine Handtasche und ein Stoffbeutel mit Proviant, Butterbrote eingewickelt in Pergamentpapier, war alles, was Ina mit auf die lange Reise nahm.

Niemand konnte den ungeheuren Willen ahnen, der diese Sechzehnjährige an ihr Ziel gebracht hatte: Allgäu, ein Vater, der absolut dagegen war, eine Mutter, die das letzte Geld zusammenkratzte, Stuttgart, Rom, Messina, Palermo. Dort war das Ziel.

Einige Male umsteigen, viele, viele Stunden in mehreren Zügen, ab Rom ein Abteil mit Holzbänken, ab Messina die Übelkeit auf dem Schiff, kaum ein Wort Italienisch. Doch hinter der Stirn des jungen Mädchens das Staunen und der Wille, die Welt zu erobern.

Den Anfang machte auf dieser Reise ins Unbekannte, das Zusammentreffen mit wildfremden Menschen auf Bahnsteigen und in Zugabteilen, Misstrauen und ermüdende Gespräche mit Sprachfetzen, Gelächter und Gesten. Einladungen zu gemeinsamem Essen und Trinken. Woher und Wohin. Austausch von Namen und Adressen.

Dann die Ankunft. Die junge Frau, kaum kenntlich in ihrer Eleganz, die den Fahrschein geschickt hatte in die schwäbische Provinz, zu ihr, der kleinen Schwester. Sie wartete am Bahnsteig, setzte Ina, die bisher selten in einem Auto gesessen hatte, in eine schicke Limousine. Der Chauffeur brachte sie in die Stadt zum Haus der Reichen.

Ina dachte daran, wie unendlich viel es zu sehen, zu berichten, zu erzählen gäbe über dieses junge Mädchen, das hinauszog in die Welt. Eine Welt, die Ina so unbekannt war, wie Patagonien oder Äthiopien oder auch ihre bevorstehende Operation und das endgültige Ergebnis derselben. Verwirrend war alles und mühsam, es zusammenzubringen. Da machte ihr Körper vorsorglich eine Zäsur und schickte sie hinab ins Vergessen. Es war ein unruhiger Schlaf, in dem sie sich befand, ein Schlaf mit Traumerlebnissen von damals. Auch als sie erwachte, ließ diese Reise sie nicht los.

Wieder tauchte sie aus dem Vergessen empor: die Menschen, die sie traf, die Bahnhöfe, die sie erkundete während sie auf den nächsten Zug wartete. Auch die Ängste hatte ihr Körper nicht vergessen: Angst, die in ihrer Kehle steckte, in ihrem Herzen, in ihren zitternden Fingern. Angst vor dem, was kommen würde. Und doch fuhr sie dahin, durch ein Land, das ihr so unbekannt erschien, so neu und anders. Ein Land, das sich ihr zeigte im Ankommen und Verlassen. Bahnhöfe. Il treno. Dove? Sprachfetzen. Wie durch einen Schleier sah sie die Ankunft in Palermo, das staunende Stehen in einer Straße, deren Häuser so hoch waren, wie nie gesehen. Das Eintreten aus der Hitze in ein Erdgeschoss, das düster und hoch und kühl war und geräumig, groß wie im fernen Allgäu die ganze Wohnung. Die Concierge, der Paternoster, unbekannt und angstvoll betreten, die Diele, in der sie auf die Frau des Hauses warteten. Ein kühles Willkommen.

Die Schwester, gerade einmal fünf Jahre älter als Ina, hatte es über Umwege in diesen Haushalt auf Sizilien verschlagen. Sie war vor allem zuständig für die drei Kinder der Baronin, zwei Jungen und ein Mädchen. Vor allem auf Giulia hatte die Schwester ihr Augenmerk zu richten, war sie doch im gleichen Alter wie Ina. Sechzehn Jahre alt war sie, reif, verheiratet zu werden und da galt es aufzupassen und sie nicht aus den Augen zu lassen. Für sie hatte man Ina vor allem eingeladen, als Freundin und Begleiterin und zum Erlernen der deutschen Sprache. Doch die Gleichaltrige konnte Ina nicht leiden und ließ sie es spüren. Sie spürte, sie war Giulia ein Klotz am Bein und diese versuchte häufig, ohne sie zu ihrer Clique zu kommen. Natürlich begleitet von ihrer Erzieherin. Giulias Deutsch war nach Inas Abreise nicht besser als zuvor. Ina musste lächeln, als sie jetzt daran dachte.

Da war ihre Ankunft, das Kennenlernen der Familie, das Staunen über so viele Räume in einem so hohen Haus. Das Entzücken über ein Badezimmer, das größer war als alles, was Ina sich bisher vorstellen konnte. Sie, die sich, seit sie denken konnte, zuhause in der Küche am Spülstein gewaschen hatte, konnte nicht genug bekommen von all den glänzenden Hähnen und Bottichen und Duschen mit denen das riesige Badezimmer ausgestattet war. Und alles war zum Gebrauch bestimmt: jede Seife, jedes Schampon, jedes Duftwasser durfte sie benutzen. Und die Handtücher! Dick und flauschig wie das Fell ihres Hasen. Ein eigenes, täglich ausgetauschtes für jeden, auch für sie. Der Marmorboden, gestaltet in herrlichen Mustern, der die Kühle der Nacht durch die Füße aufsteigen ließ und sie leicht frösteln machte. Dann war oben der Dachgarten. Das wurde ihr Reich. Diese weite Sicht auf die anderen Dächer, auf Türme und Gassen und andere Gärten hoch oben, grüne Oasen, dem Himmel entgegen. Und hier das Wunder des Sonnenuntergangs. Spät färbte der Horizont sich in Farben, die es sonst nirgends gab. Die kleinen Winde, welche die Büsche hier oben bewegten, kühlten die Haut und das Begehren. Viele Abende war sie oben gesessen, hatte die Nachwärme des Tages genossen und hatte über die Dächer geblickt und in ein schmales Schreibheft geschrieben. Gedichte, nur Gedichte. Alle, alle handelten sie von der Liebe. Wie hätte es auch anders sein können.

Am Morgen war dann der Junge zu ihr ins Zimmer gekommen und hatte sich zu ihr gelegt. Auch er war gerade siebzehn gewesen. Groß und schmal hatte er vor ihrem Bett gestanden und sie angeschaut. Sie hatte genickt und dann war er neben ihr gelegen, hatte sie angeblickt und sie vorsichtig betastet. Nichts weiter war geschehen. Fast jeden Morgen war er zu ihr unter die leichte Decke geschlüpft und sie hatten sich angeschaut und hin und wieder den anderen berührt. Für Ina war es das erste Mal, dass sie einem männlichen Wesen so nahekam.

Ein warmes Gefühl machte sich bei diesen Gedanken in Ina breit. Wie lange hatte sie sich nicht mehr daran erinnert. Sie dachte daran, wie schön das war, ein Körper neben sich, gegen das Alleinsein. Sie wäre für mehr bereit gewesen. Der Junge sicherlich auch. Sie wussten beide, dass es mehr nicht sein konnte und so glühten sie, jeder für sich und versuchten, sich nicht zu nahe zu kommen.

Doch neben dieser Erfahrung, begehrt zu werden und zu begehren, gab es so unendlich vieles, das Ina nicht kannte und das nun emportauchte: Morgens bekam sie von der Haushälterin eine Tasse Tee mit Toast ans Bett gebracht, sie badete zum ersten Mal im Meer, sie saß zum ersten Mal auf einem Pferd, sie lernte einen Tauchlehrer kennen, sie erfuhr, dass sich die Frau des Hauses jeden Tag mit Freundinnen traf und dabei auch jeden Tag irgend etwas für ihre Kinder kaufte, sie strich zum ersten Mal über einen Pullover aus Kaschmir, sie war dabei, wenn Giulia am Morgen ihre Kleider aus dem riesigen Schrank zog, eines nach dem anderen, um sich für den Tag eines davon auszuwählen, sie bekam Kleider bei der Schneiderin bestellt und sie aß mit der ganzen, großen Familie am reich gedeckten Tisch.

Das war etwas ganz Besonderes gewesen. Auch heute noch fand Ina das großartig, hier in ihrem schneeweißen Krankenzimmer. Sie sah sie alle vor sich, die Baronin, den Baron, die beiden unverheirateten Onkel, die Nonna, die fast erwachsenen Kinder, meist noch ein Gast, alle im Speisezimmer versammelt. So etwas hatte sie noch nie erlebt. Insgesamt kamen hier oft zwölf Menschen zusammen. Sie traten nach und nach durch die verschiedenen Türen und nahmen am Tisch Platz.

So ein Tisch! So viel Geschirr, mit so vielen Gläsern und so unterschiedlichem Besteck. Ina konnte sich kaum satt sehen. Das Gleißen und Glitzern war das eine, die Frage, was sie selbst mit all dem anfangen sollte, war das andere. Wie unbedarft sie doch gewesen war, Ina musste lächeln.

Eines erstaunte sie damals besonders, erinnerte sie sich, es war das Verhalten der Baronin. Diese griff mit ihren langen Fingern und mit tiefrot gefärbten Nägeln in die grünen Blätter des Spinats und holte sich ein Büschelchen davon auf ihren Teller. Auch die anderen Delikatessen zupfte sie sich einzeln in kleinen Portionen in den Mund. Irgendwie missfiel Ina dieses Verhalten. Die Baronin zerstörte die Eleganz der Anordnung, das Bereitstellen der vielen Gefäße, den weißen Glanz der strahlenden Tischdecke. So konnte man sich doch nicht benehmen, war sie sich damals sicher. Nur, wie sie selbst sich verhalten sollte, wusste sie nicht. Ihre Schwester hatte manchen Fauxpas überspielt.

Das also war Reichtum, dieser Tisch mit Essen, soviel man wollte, mit mehreren Gängen, mit vielen Getränken, mit einer Auswahl an Nachspeisen. Essen bis man satt war. Nie wieder hatte Ina einen so selbstverständlichen Umgang mit Luxus erlebt.

Sie hätte es selbst nicht gedacht, aber sie hatte sich eingelebt, damals, rascher als auch ihre Schwester es erwartet hatte. Sie passte sich sozusagen an, fügte sich ein. Sie genoss all das Neue, Unfassbare nicht bewusst, war auch nicht dankbar dafür, nahm es nach einigen Tagen einfach hin. Tief in ihrem Inneren wusste sie jedoch, das alles war nicht für sie geschaffen. Sie durfte eintauchen, teilnehmen auf Zeit, aber sich nicht auf Dauer darin aufhalten. Vier Wochen waren es, vier kurze Wochen in der Fülle, in Reichtum und Luxus. Sie nahm das, was man ihr bot und freute sich daran.

Aus dem Irgendwo tauchte die Heimfahrt auf. Ihre Schwester kam mit, nach Hause, in einen kurzen Urlaub. Und es war wie immer gewesen: die Berge, das kleine Dorf, die Enge der Wohnung, die schmale Bettstatt auf dem ausgezogenen Wohnzimmersofa, der Spülstein, der Lehrherr, der ungeduldig auf sie wartete.

Ina war wieder daheim. Sie konnte sich nicht daran erinnern, wie sie sich gefühlt hatte. Damals. Hatte sie Sehnsucht gehabt nach dem vollen Leben? Eine Ansichtskarte tauchte vor ihrem inneren Auge auf: vorne ein Strand, das Meer und ein Sonnenuntergang, rückwärts sehnsuchtsvolle Grüße von einem Benedetto, verfasst in fehlerhaftem Deutsch. Dann war der Faden abgeschnitten.

Genau so dachte es Ina, als sie sich von dieser Reise in die Vergangenheit zurückzog und zurücksank in ihre Schwäche. Der Faden war durchtrennt.

So jung war sie damals gewesen und wollte doch die Welt erobern. Wie viel Zeit inzwischen vergangen war. Was alles passiert war in ihrem Leben, Gutes und Schlechtes, Bedeutendes und Belangloses. Ein Abenteuer war es nicht geworden. Schade eigentlich, dachte sie.

Heute würde sie das Ergebnis erfahren. So oder so, das war ein Abenteuer. Sie wäre froh, wenn sie das Leben wieder erobern könnte und die Fäden sich noch einmal verknüpfen ließen.

# Warten

Komm um 17 Uhr zur Weide. Dann werde ich dir die ganze Geschichte erzählen. Es ist sehr wichtig, stand auf dem kleinen, etwas schmuddeligen Papier. Es war einer dieser gelben quadratischen Zettel, die man unter dem Begriff „Post-it" kennt. Die unscheinbaren, selbstklebenden Notizzettel von minderwertiger Papierqualität sind unverzichtbar geworden in unserer Welt der schnellen Informationen. Doch oft vertraut man ihnen äußerst wichtige Informationen an, Geheimes, Chiffriertes, wie zum Beispiel: Komm um 17 Uhr zur Weide. Marius erkannte die Handschrift sofort. Es war die von Renate, seiner Geliebten. Er löste den Zettel vorsichtig vom Klingelschildchen an ihrer Eingangstür und steckte ihn in seine Hosentasche. Renate Kalb stand nun wieder gut lesbar auf dem kleinen Messingschild. Marius drehte sich verlegen um. Niemand war bisher auf ihn aufmerksam geworden. Kein neugieriger Nachbar, kein vorbeihetzender Postbote, kein amtsbeflissener Stromableser und auch nicht der so oft zitierte Gasmann hatte ihn gesehen. Er stülpte den Kragen hoch, wie er das in Fernsehkrimis gesehen hatte und ging betont langsam schlendernd hinaus auf die Straße.

Es war halb Fünf. Er hatte noch eine halbe Stunde Zeit. Zeit genug um noch eine Zigarette zu rauchen und zu überlegen, was sie mit …dann werde ich dir die ganze Geschichte erzählen, gemeint hat. Marius setzte sich auf eine Parkbank, kramte den gelben Zettel aus seiner Hosentasche und roch daran. Er roch nach Renate. Nach ihrem Parfüm. Ihm ging ihre letzte Begegnung durch den Kopf und der zärtliche Abschied und ihr Versprechen, es endlich ihrem Ehemann zu sagen und mit diesem Ekel Schluss zu machen. Was für eine Zukunft würde vor ihm liegen mit dieser tollen Frau!

Die Kirchturmuhr schlug drei Mal. Noch fünfzehn Minuten bis zum Treffen. Noch fünfzehn Minuten bis seine Zukunft beginnen würde. Marius stand auf und ging zügig die Straße hinunter, dann nach rechts, vorbei an den Pferdeställen, weiter den Feldweg entlang bis zu dem steinernen Bildstock und dann links bis zur großen Weide. Es war exakt siebzehn Uhr. Deutlich hörte er den mächtigen Glockenschlag der Stadtkirche. Er setzte sich auf einen Stapel Zaunpfähle und wartete voller Vorfreude. Er träumte von den vergangenen, gemeinsamen Stunden, hier am Rand der Weide. Als sie beide, frisch verliebt, sich im Schutz des angrenzenden Wäldchen das erste Mal liebten. Marius hörte die Glocken der Stadtkirche sechs Mal schlagen und wurde ungeduldig. Eine Stunde hatte er schon auf sie gewartet. Dann hörte er den Glockenschlag sieben Mal. Angst überfiel ihn. Die Angst, dass die ganze Geschichte, die Renate ihm erzählen wollte, für ihn nicht gut ausgehen könnte. Es wurde dunkel und die Kirchenglocken schlugen acht Mal. Marius weinte.

„Das war's wohl", murmelte er immer wieder und fluchte vor sich hin. Gegen neun Uhr raffte er sich auf, ging in den Dorfkrug, ließ sich volllaufen und schleppte sich betrunken nach Hause. Vom Kirchturm schlugen die Glocken elf Mal, als er sich wütend und in dem Bewusstsein, die ganze Welt hätte sich gegen ihn verschworen, auf sein Bett warf.

„Ihr könnt mich allemal", wiederholte er immer wieder, bis ihn der Schlaf aus seinem Selbstmitleid entlassen hatte. Am anderen Morgen war Marius übel. Er brühte sich einen starken Kaffee. Es war das unsanfte Geräusch des Briefkastendeckels, das seine Lebensgeister wieder weckte. Er tapste auf die Straße hinaus. Der Postbote war schon um die Ecke gebogen, als er die Postsendungen aus dem Briefkasten fischte. Neben allerlei Werbung war ein Brief dabei. Er war eindeutig von Renate. Er trug ihre Handschrift. Er zögerte, ob er den Brief überhaupt öffnen solle. Doch die Neugierde siegte. Er riss den Umschlag auf und las den kurzgehaltenen Brief:

Lieber Marius, leider haben wir uns gestern verfehlt. Zwei Stunden habe ich unter der alten Weide auf dich gewartet. Du bist nicht gekommen. Ich habe dich auch mehrmals auf deinem Handy angerufen. Du hast nicht abgenommen. Auch bei dir zu Hause war ich. Du hast mir nicht geöffnet. Dann bin ich wieder heimgefahren, wo

Karlheinz für mich gekocht hatte. Ich habe mir unser Verhältnis noch einmal durch den Kopf gehen lassen, mit den ganzen Problemen und dem Ärger, die eine Trennung mit sich bringen würde. Nun habe ich mich entschieden, es noch einmal mit Karlheinz zu probieren. Das heißt, dass wir uns nicht mehr sehen können. Gib mir diese Chance, wenn du mich geliebt hast und rufe bitte nicht mehr bei mir an. Ich wünsche dir alles Gute und hoffe, dass du mit jemand anderem glücklich werden darfst. Renate.

# Zipfel

Inmitten tiefgrüner Wälder befand sich eine kleine Lichtung und inmitten dieser Lichtung saß ein Zwerg. Es war ein putziger, kleiner Kerl, mit einer roten Zipfelmütze oben auf seinem Kopf. Diese Mütze passte so gut zu dem kleinen Zwerg, dass er sich von ihr seinen Namen gegeben hatte. Er hieß, man kann es leicht erraten, er hieß Zipfel. Z-i-p-f-e-l.

„Natürlich heiße ich Zipfel, weil ich eine rote Zipfelmütze auf dem Kopf trage", sagte er zu sich. „Ja, ja, Zwerge tragen immer und schon von jeher eine solche zipfelige Mütze", antwortete er mit tiefer, dunkler Stimme.

„Nanu", fragte er zurück „woher willst du das wissen?"

„Das weiß doch jeder Zwerg", antwortete er, „und außerdem, ich bin ja nicht von gestern".

„Das mag schon sein, aber dass ausgerechnet du das weißt, finde ich toll." Fast hätte der kleine Kerl sich selbst auf die Schulter geklopft.

Wer genau zugehört hat, wird bemerkt haben, dass der kleine Zwerg, der inmitten tiefgrüner Wälder auf einer kleinen Lichtung im Gras saß, mit sich selbst sprach. Man fragt sich natürlich, mit wem hätte er denn sonst sprechen sollen, es war doch keiner da, außer ihm. Das war das Problem!

Es gab die tiefgrünen Wälder ringsum und es gab eine kleine Lichtung und es gab ihn, den rotbezipfelten kleinen Zwerg. Aber sonst war in die Weite und Breite niemand zu sehen.

„Du hast ja so recht", sagte Zipfel der Zwerg mit etwas traurig klingender Stimme, „siehst du denn jemand außer mir? Es darf auch ein Etwas sein?"

„Leider, leider, leider", gab er sich die Antwort, „auch ich sehe niemanden und auch keine und keinen."

„Wie findest du das?", fragte Zipfel und linste zu seiner Mütze nach oben?

„Ach", die Stimme wirkte wie die Stimme einer Zipfelmütze, „ach, ich finde das nicht beglückend."

„Oh, da hast du ein schönes Wort gefunden: beglückend, das trifft den Zipfel auf die Mütze."

Jetzt will ich erwähnen, dass sich inmitten der tiefgrünen Wälder, auf der kleinen Lichtung, ein Baumstamm befand. Es war ein Überbleibsel, also der letzte Rest von einem wunderschönen, hohen Baum, einer Eiche vielleicht, den der Sturm im letzten Herbst gefällt hatte und den die Arbeiter im Wald dann schön glatt abgesägt hatten. Zipfel beschloss, auf den Stamm hinaufzuklettern.

"Vielleicht kannst du von oben etwas mehr sehen, als niemand oder nichts", sagte er zu sich. Die Mütze wollte er dazu nicht befragen und er gab sich selbst die Bestätigung: „Nur Mut, hinauf mit dir!"

Um den besten Einstieg zu finden, untersuchte er den Baumstumpf von allen Seiten. Das heißt, er umrundete ihn und überlegte seine Möglichkeiten. Die Rinde war an manchen Stellen ziemlich glatt und zeigte doch immer wieder Spalten und Risse.

Und so begann der kleine Zwerg Zipfel seinen Aufstieg hinauf auf die Plattform. Für Nichtzwerge wäre es kein großes Problem gewesen, sich auf den abgebrochenen Baumstamm zu setzen oder gar zu stellen. Für Zipfel schien die Höhe schier unüberwindlich. Er krallte sich mit seinen Fingern hinein in die Ritzen der Rinde und suchte Tritt für Tritt einen Halt für seine Füße.

Habe ich schon gesagt, dass der Zwerg für den Aufenthalt in den tiefgrünen Wäldern sehr passend gekleidet war, jedoch die kleinen Bergstiefel an seinen kleinen Füßen waren für die Risse und Spalten an diesem Baumstamm weniger geeignet.

„Macht nix", sagte Zipfel zu Zipfel, „da musst du durch, wenn du nach oben willst um etwas oder auch jemanden zu sehen."

„Ich beschwere mich ja nicht", keuchte der kleine Zwerg und griff und zog und zog und griff.

Es dauerte dann doch einige Zeit, bis seine Hände die obere Kante des Baumstumpfes erreichten und Zipfel mit einem geseufzten „Geschafft!", auf seine Aussichtsplattform plumpste.

„Ach Zipfel, wie schön", rief er, als er wieder bei Puste und aufgestanden war. Er klatschte sogar laut in die Hände vor Entzücken. „Das hast du gut gemacht", lobte er sich begeistert.

Man denke sich, was das für eine Anstrengung war, für einen so kleinen Zwerg. Da hieß es, sich erst einmal zu erholen. „Weißt du was", fragte Zipfel Zipfel, „ich denke, wir legen uns erst einmal hin."

„Nichts dagegen", stimmte Zipfel zu und er legte sich längelang auf seine Aussichtsplattform. Man kann sich denken, wie er sich hinlegte, auf den Rücken natürlich. Als er so lag, sah er hinein in ein tiefes, sehr helles Blau, das über ihm so herrlich strahlte, dass er die tiefgrünen Wälder und die kleine Lichtung kein bisschen vermisste. Zipfel schob seine beiden Hände unter den Kopf und verlor sich im Blau so lange, bis seine Augen zufielen und er das herrliche Blau hineinnahm in seinen Schlaf.

Nun könnte man annehmen, Zipfel hätte den Tag auf seinem Ausguck liegend verschlafen. Dem war nicht so. Es gibt doch, das wissen wir alle, eine sogenannte innere Uhr. Zipfel hatte, bevor sich seine Augen endgültig schlossen, diese Uhr gestellt. Eine Stunde hatte er vor zu schlummern und deshalb hatte er zu seiner inneren Uhr gesagt: „Du innere Uhr, du weckst mich bitte in einer Stunde."

„Ja, ja", hatte die Uhr gerattert, „ich werde pünktlich sein." Und tatsächlich, es stimmte.

Nach dieser Ruhestunde zog Zipfel seine Hände unter dem Kopf hervor, rieb sich die Augen, klappte ein paar Mal die Augenlider auf und zu, setzte sich auf und rief: „Ach du grüne Neune. Wo bin ich denn hier gelandet?" Dann sah er sich um in der Runde und gab sich die Antwort: „Inmitten tiefgrüner Wälder, auf einer kleinen Lichtung, auf dem abgesägten Stamm einer Eiche."

„Na, dann wollen wir mal", sagte Zipfel zu Zipfel, rieb sich die Hände und begann, sich die Welt von oben herab genau zu betrachten. Als erstes rief er laut hinein in die tiefgrünen Wälder: „Ist da jemand?"

Und man kann es kaum glauben, am Waldrand, zwischen zwei Weiden streckte ein Rehbock sein Geweih heraus. Neben ihm drückte eine Rehkuh ihren schmalen Kopf mit den riesigen Augen neugierig durch das Geäst und rief: „Wieso sollte hier niemand sein?" Dann verschwanden die beiden ohne weiteres wieder in den tiefgrünen Wäldern.

Zipfel musste sich also jemand anderen zum Reden suchen. Er schaute und schaute aufmerksam in die Runde und sagte plötzlich ganz leise zu sich: „Siehst du die pelzigen Hasen, die da drüben grasen?"

„Wieso sollte ich sie nicht sehen, ich habe doch zwei Augen im Kopf".

Da flog heftig brummend eine Biene herbei. Sie hatte wohl Zipfels Mütze gesehen und sie vielleicht für eine Blüte gehalten. Diese Biene gefiel Zipfel ausnehmend gut.

„Leider", sagte er zu ihr und verfolgte ihren summenden Flug mit den Augen, „leider bin ich keine Blume und meine Mütze auch nicht."

Zipfel musste nießen und die Biene wurde durch den Luftzug hinweggetragen und war verschwunden. Auch die Hasen waren nicht mehr am Grasen.

„Warum hast du auch so laut genießt", sagte Zipfel ärgerlich zu Zipfel. „Sein Nießen kann man nicht an- oder abschalten", wehrte der sich, „es kommt oder es kommt nicht. Und das ist gut so."

Da stand der kleine Zwerg also hoch oben auf seinem Baumstamm. Zum Reden hatte er bisher noch niemanden gefunden. Aber, das muss gesagt werden, er hatte von oben nicht nur tiefgrüne Wälder und eine Lichtung gesehen, sondern zumindest auch schon einige Tiere. Das freute den kleinen Zwerg sehr und er drehte sich auf seiner Plattform rundherum und blickte in alle Himmelsrichtungen: West und Ost, Süd und Nord.

„Ich glaube, ich habe auf Süd etwas gesehen. Was meinst du Zipfel?"

„Ich bin ganz deiner Meinung. Ich denke, es war etwas Rotes, drüben am Rand der tiefgrünen Wälder."

„Wie du meinst", sagte Zipfel zu Zipfel und sah hinauf zu seiner Mütze, „es könnte eine Zwergenmütze sein."

Man kann sich denken, dass Zipfel sich freute. Noch einmal rief er, dieses Mal etwas lauter: „Ist da jemand?" Antwort bekam er keine, aber zwischen dem tiefen Grün tauchte eine Zwergin auf. Sie trat auf die Lichtung und sah sich nach allen Seiten um. Sie war ziemlich genau so wie Zipfel gekleidet, nur hatte sie viele und sehr, sehr helle Haare die in zwei dicken Zöpfen unter der roten Mütze hervorquollen.

„Hier bin ich", rief Zipfel, aber die kleine Zwergin sah nicht nach oben.

„Ruf lauter!", drängte ihn Zipfel.

Nachdem er noch einmal sehr laut gerufen hatte: „Hier bin ich", und heftig mit den Armen winkte, schaute die Zwergin nach oben. Als sie zu erkennen gab, dass sie Zipfel gesehen hatte, sie hatte leicht die Hand gehoben, rief dieser laut: „Warte auf mich, ich komme runter!"

Der Abstieg dauerte nicht lange. Der kleine Zwerg beeilte sich sehr, hinunterzukommen. Er war wirklich sehr, sehr froh. Als er unten ankam, sagte er zu sich: „Jetzt hast du doch jemanden zum Reden gefunden, Zipfel!"

Und er gab sich auch gleich die Antwort: „Prima, prima, prima, wärst du nicht hinaufgestiegen, lieber Zipfel, wer weiß, dann wärst du immer noch inmitten tiefgrüner Wälder, auf einer kleinen Lichtung aber allein, sehr allein."

Und dann lief er los.

# Das Parfüm

„Inmitten stinkender Fischabfälle wird im Jahre 1738 Jean-Baptiste Grenouille geboren. Schon früh entwickelte er einen außerordentlichen Geruchssinn und ging bei dem berühmten Parfümier Baldini in die Lehre. Seine ungewöhnliche Gabe wird mehr und mehr zu einer tödlichen Obsession, als er den betörendsten, den menschlichen Duft zu konservieren versucht."

Karel Groß legte sein Manuskript beiseite und schaute ernst in die Menge der interessierten Zuhörer. „Ich spreche, wie Sie sicher erraten haben von dem Film *Das Parfum.* Der Film kam 2006 in unsere Kinos und brachte sage und schreibe einen Umsatz von hundertfünfunddreißig Millionen US-Dollar ein." Groß musterte nun jeden einzelnen der Zuhörer, bevor er mit geheimnisvoller Mine weitersprach:

„Sie kennen den Film, Sie haben ihn gesehen. Und doch gibt es ein Geheimnis, das der Regisseur, als er sich entschied das Buch von Patrick Süskind zu verfilmen nicht kannte. Die Person, die über diesen unglaublich sensiblen Geruchsinn verfügte, war eine Frau und kein Mann!" Die Zuhörenden schreckten aus ihren Sitzen auf. Man sah förmlich, wie sich ihre Ohren spitzten und ihre Münder lautlos einzelne Wörter zu formen schienen. Keiner wagte etwas laut auszurufen. Zu ungeheuerlich war die Behauptung von Professor Karel Groß, dem bekannten Historiker aus Freiburg, der in London und Boston Mittelalterliche Geschichte Europas, mit den Schwerpunkten Papst- und Kirchengeschichte, lehrte.

„Sie werden sich jetzt sicher fragen, woher ich das weiß?" Er ging einige Schritte zu einem kleinen schwarzen Kästchen, drückte ein paar Tasten und auf einer großen Videowand projizierte ein Beamer eine lange Liste mit Jahreszahlen. Konzentriert sprach er über jede Einzelne dieser Zahlen. Eine zweite Projektion listete eine Anzahl unbekannter Familiennamen auf, an deren Ende ein Stammbaum zu erkennen war. Auch über diese verwandtschaftlichen Beziehungen referierte der Professor eingehend, um dann zum Kern seiner Ausführungen zu kommen. Er berichtete von Beispielen in der Geschichte, wo gekonnt eingefädelte Verwechslungen, geschickte Geschichtsfälschungen, meisterhaft durchgeführte Komplotts und auch bewusste Manipulationen, die Weltgeschichte mitgeschrieben hatten. Als Professor Groß den Beamer abschaltete, blickte er in lauter zweifelnde Gesichter. Einer der Zuhörer, ein Mann mittleren Alters, hob selbstbewusst die Hand.

„Herr Professor, warum machten sich die Historiker solch eine Mühe, um das Geschlecht dieser perversen Person, wenn ich so sagen darf, zu ändern? Und eine zweite Frage an Sie: Wenn das alles stimmen sollte, wie hieß dann die Frau?"

„Wissen Sie mein Herr", begann der Professor, „was nicht sein darf, kann nicht sein. Einer Frau wollte man solche brutalen Verbrechen nicht zutrauen. Die Frau wurde damals als die Hüterin des Lebens und nicht als brutale Mörderin gesehen. Außerdem setzte man bei solchen Taten ein medizinisches Wissen voraus, das keine Frau haben konnte, beziehungsweise haben durfte. Denn der Zugang zu wissenschaftlichen Studien war zu dieser Zeit für Frauen nicht möglich gewesen. Erinnern Sie sich doch an den von mir kurz angedeuteten Fall der weiblichen Päpstin Johanna. Sie wurde im Jahr 814 in Ingelheim am Rhein als Tochter eines Dorfpriesters geboren. Gegen alle Widerstände wurde sie auf der Domschule aufgenommen und genoss eine Ausbildung, die sonst nur Männern vorbehalten war. Einem inneren Drang und der Stimme Gottes folgend, verkleidete sich Johanna als Mann und schaffte es unter dem Namen Johannes bis nach Rom. Auch ihre zweite Frage möchte ich gerne beantworten." Professor Groß rückte sein Brille zurecht und erklärte weiter:

„Jean-Baptiste Grenouille ist der Name des Mannes im Roman von Patrick Süskind. Grenouille ist französisch und heißt Frosch. Dieser Name sollte dem Aussehen des jungen Mannes gerecht werden. Sein Vorname Jean ist eine Verkürzung von Jeanne, einem Frauenname. Das ist der tatsächliche Name der Person mit dem außergewöhnlichen Geruchssinn. Das finden wir, wie ich vorhin erwähnt hatte, bei Johanna der Päpstin und der entsprechenden maskulinen Form Johannes wieder."

An dieser Stelle hielt Karel Groß inne, um dann doch noch folgendes Statement abzugeben:

„Übrigens", er erhob seine Stimme, „wussten Sie, dass Napoleon eigentlich auch eine Frau war? Sein eigentlicher Name war Napoletana, ein Frauenname. Der Beweis dafür lässt sich in der italienischen Esskultur finden - nämlich in der Pizza Napoletana." Professor Groß lachte herzhaft und das machte ihn in diesem Moment sehr sympathisch.

# Gebrochenes Herz

„Sie steckte ihre Nase aber auch in alles hinein. Und jetzt ist sie tot", hörte ich meine Mutter zur Großmutter sagen. „Ist sie deshalb gestorben, Mama?", fragte ich. Es interessierte mich, wie man sterben konnte, wenn die Nase in irgendetwas steckte.

„Steck du deine Nase nicht auch noch da hinein", antwortete meine Mutter und sah mich missmutig an, „Tante Hermine ist nicht wegen ihrer Nase gestorben, sondern an einem gebrochenen Herzen".

Ich merkte, dass meine Mutter wenig Lust hatte, Tante Hermines Tod mit mir zu besprechen. An der Nase konnte man also nicht sterben, aber an einem Herzen sehr wohl. Wie das zustande kam, musste ich jetzt wissen.

Ich wandte mich an meine Großmutter. Sie saß am Esstisch und las die Zeitung. „Oma, wie kann eine so große Frau an ihrem Herzen sterben? Wie bricht so ein Herz eigentlich?"

„Du nervst, merkst du das nicht, kam es vom Herd her.

„Ach Kindchen", sagte die Großmutter und unterbrach ihre Lektüre, das verstehst du noch nicht. Es war so: Deine Tante Hermine war in einen Mann verliebt. Dieser Mann hatte aber schon eine sehr schöne Frau. Und Kinder hatten die beiden auch. Und so wollte der Mann gerne bei dieser Frau und seinen Kindern bleiben."

„War Tante Hermine denn nicht schön"?

Ich bemerkte den Blick, den Mama der Großmutter zuwarf. Außerdem zuckte sie auch noch mit den Schultern und sagte: „Na ja, wie man's nimmt".

„Mir hat sie gut gefallen", sagte ich, „sie hatte im Winter so einen Muff aus ganz weichem Pelz. Ich durfte ihn einmal nehmen, beim Spazierengehen, weil meine Hände so kalt waren."

„An was du dich so erinnerst"! Großmamma schaute mich erstaunt an. „Aber du hast schon recht, sie war auch eine schöne Frau und sie hatte immer feine Sachen an".

„Aber die andere Frau mit den Kindern war schöner, oder"?

„Ja, vielleicht", gab Mama mir recht und bat mich, den Tisch zu decken.

„Sie hat einfach zu lange gewartet", sagte die Großmama und faltete die Zeitung zusammen, „sie hätte schon viel früher mit ihm Schluss machen sollen. Das Ganze hat sie damals so mitgenommen, davon hat sie sich nicht mehr erholt. Ab dann hatte sie diese Herzbeschwerden".

„Und was ist das, das Ganze"? Ich verstand das alles nicht so richtig.

„Na eben, dass dieser Mann sie dann doch nicht wollte", sagte Mama etwas zu laut und stellte den Topf mit einem Ruck auf den Tisch.

„So kannst du das auch nicht sagen". Großmama schüttelte den Kopf.

„Doch genauso sage ich das. Seit damals hat sie nur noch im Leben von anderen herumgeschnüffelt und alles besser gewusst".

Mama holte eine Schöpfkelle und setzte sich.

„Und wenn du, meine liebe Tochter nicht aufhörst, deine Nase in anderer Leute Angelegenheiten zu stecken, wer weiß, was da alles passiert".

Sie schöpfte mir einen Löffel dampfender Suppe in den Teller, sah mich dabei streng an und sagte: „Iss"!

Da hielt ich den Mund und löffelte meine Suppe. Seither habe ich mir abgewöhnt, zu viel zu fragen. Manchmal nachts, wenn ich aufwache, lege ich meine Hand auf mein Herz und hoffe, dass es noch ganz ist und dass es niemals bricht.

# Zuckerzangen

Alle waren sie gekommen. Die noch lebenden fünf Schwestern, die drei Brüder, mit deren Kindern und ihren Angeheirateten. Und dazu kamen noch deren Kinder, enge Freunde, Nachbarn und ehemalige Arbeitskollegen. Hundert Personen saßen dicht gedrängt an einer hufeisenförmig aufgestellten Tischreihe. Karl Georg Reichert hatte sie zu seinem neunzigsten Geburtstag geladen und sie waren alle gekommen.

„So jung kommen wir nicht mehr zusammen!" Damit hatte der Jubilar seine Tischrede begonnen. Mit „zu meinem Hundertsten sehen wir uns in alter Frische wieder!", hatte er seine kurzweilige Rede beendet. Der Applaus war ihm sicher.

Auf ein Zeichen von ihm, kamen mehrere Serviererinnen wie Engel angerauscht, um den schon vorbereiteten Kaffeetisch fertig zu decken. In Windeseile verteilten sie die gefüllten Kaffeekannen, Teekannen, Milchkännchen und Zuckerdosen. Die Serviererinnen in ihren weiß gestärkten Blusen und enganliegenden schwarzen langen Röcken flogen förmlich von einem Gast zum Nächsten, wie fleißige Bienchen von einer Blüte zur anderen. Das Ambiente war äußerst stilvoll. Das war Karl Georg wichtig. Nichts konnte gut genug sein und es durfte an nichts fehlen, schon gar nicht zu solch einem besonderen Anlass. Das gehörte zum Lebensmotto des neunzigjährigen Unternehmers.

„Den Neunzigsten feiert man ja schließlich nicht alle Tage", hatte der Jubilar in seiner Ansprache festgestellt, worauf irgendeiner der vielen Enkel vorlaut ausgerufen hatte:

„Großvater, wenn man es genau nimmt, nur einmal im Leben!"

Dann kam das große Klappern. Versilberte, dreizackige Kuchengabeln trafen hart auf handbemalte Porzellanteller mit Goldrand und reichverzierte Kaffeelöffel drehten sich wie Derwische in engen Kaffeetassen. Ab und zu war auch ein helles, ganz kurzes Klirren zu hören, wenn der Hals der Kaffeekanne den Tassenrand berührte. Auch das Stimmenspektrum von hundert verschieden alter Menschen war erwähnenswert. Vom kreischenden Geschrei einiger Urenkel, über die hohen, piepsigen Stimmen einiger junger Damen, bis hin zum raumfüllenden Bass der Älteren und dem eher etwas gebrochenen Gestammel der Ältesten, war alles vertreten. Doch genau genommen waren es nur neunundneunzig verschiedene Stimmen, denn Richard, der jüngste Bruder von Karl Georg, hatte bei einer Kehlkopfoperation seine Stimme für immer verloren. Die Geräuschkulisse wurde mit der Zeit fast unerträglich. Im Saal des traditionsreichen Cafés war es so laut geworden, dass ein Teil der älteren Gäste damit begann die Hörgeräte aus den Ohrmuscheln zu pulen. Irgendwann ebbte der Lärm dann doch ein klein wenig ab. Stattdessen nahm hinter den prachtvollen und bisweilen turmhohen Tortenstücken ein entspanntes und genüssliches Schmatzen immer mehr zu und wurde nur noch durch das Schlürfen des Kaffees oder Tees unterbrochen. Bis, ja bis eine laute Stimme durch den Raum brüllte:

„Wie soll man denn den Zucker aus der Zuckerdose fischen?"

Die Blicke der Gäste huschten in die Richtung, aus der diese ungehörige Frage gekommen war. Die Erwachsenen unterbrachen ihre Essgeräusche, die Kinder hörten auf zu quengeln und die dienenden Engel fielen in eine sekundenlange Schockstarre.

„Mit einer Zuckerzange natürlich, du Dödel!", brüllte eine andere Stimme aus entgegengesetzter Richtung zurück. Das war wie ein Startschuss für die adretten Bedienungen. Sie rasten aus dem Kaffeeraum in die Küche und kamen mit einer ganzen Hand voll Zuckerzangen zurück. In der Zwischenzeit kam neuerliche Unruhe auf. Es wurde heftig darüber diskutiert, wer für dieses Missgeschick verantwortlich sei. Ob es angemessen sei so laut über den Tisch zu brüllen und ob man in Zukunft dieses Caffè überhaupt noch einmal besuchen solle.

„Vor meinem Hundertsten komme ich da nicht mehr her!", rief Karl Georg entrüstet aus und verlangte die Geschäftsführerin zu sprechen. Im Saal wurde es immer lauter. Es entbrannten hitzige Diskussionen quer über die Tischreihen und die absurdesten Argumente und Vorwürfe fanden irgendein offenes Ohr. Es kam zu einem handfesten Familienstreit.

Sätze wie „Bei eurem letzten Geburtstag hattet ihr nicht mal Servietten auf dem Tisch" oder „Euer Kuchen war sicher nicht frisch, wahrscheinlich kam er aus der Gefriertruhe" oder „Deine Göre kann keine fünf Minuten stillsitzen" oder „Beim letzten Weihnachtstreffen war die Ganz noch halb roh", wurden durch den Raum geschleudert. Dann wurde der Streit noch persönlicher, um nicht zu sagen richtig böse: „Dein Sohn ist ja auch nicht gerade der Hellste" oder „Wenn du so alt wirst, wie du aussiehst, kannst du von Glück sagen" oder „Deinen Mann hätte ich nicht mal geschenkt haben wollen" oder „Wie nuttig du daherkommst, da braucht man sich nicht zu wundern, dass ..." und so weiter. Kurz um: Man war sich für nichts zu schade. Kein böses Wort wurde ausgelassen. Keine Beleidigung zurückgenommen. Die Engel in schwarz-weiß hatten die eiligst herbeigeholten Zuckerzangen in kleinen Haufen auf den Tisch geworfen und eiligst das Weite gesucht. Die Geschäftsführerin ließ sich erst gar nicht blicken, was den Jubilar so richtig rasend machte. Mit hochrotem Kopf stand er plötzlich auf und stürzte mit seinem Jackett unter dem Arm aus dem Raum. Alle hundert Gäste schauten ihm verdutzt nach. Erst jetzt wurde ihnen wieder bewusst, dass sie auf einer Geburtstagsfeier waren. Nach einer gewissen Zeit stellte sich bei einigen der Geladenen so etwas wie ein schlechtes Gewissen ein. Andere ergaben sich weiterhin ihrer Streitlust und einige wenige sonnten sich in dem Gefühl von Besserwisserei. Der Rest der Gesellschaft döste still und vom Streit ermattet vor sich hin. Irgendwann löste sich die Geburtstagsgesellschaft auf. Jede Familie ging ihres Weges und die Engel trauten sich wieder aus ihren Verstecken.

Schon zehn Tage später trafen sich alle wieder. Der Anlass war freilich ein anderer. Es waren bei diesem Treffen über hundertfünfzig Menschen versammelt und der Raum, in dem es nach Weihrauch roch, war im hinteren Bereich mit zahllosen Kränzen und Blumenbuketts geschmückt. Dazwischen stand auf einem hölzernen Podest ein riesiger, pechschwarzer Sarg. Daneben grüßte auf einer übergroßen Fotografie ein letztes Mal der Unternehmer Karl Georg Reicherts seine Gäste.

# Ein Schluck

Frank hatte die Operation selbständig durchgeführt. Wieder einmal. Er war stolz auf sich. Jetzt stand er am Waschbecken, sah in den Spiegel und zog sich langsam die Haube und die Handschuhe ab. Hatte er etwas falsch gemacht? War eigentlich alles Routine. Doch, für ihn war es das inzwischen auch. Er sah sich in die Augen und merkte, dass ihn etwas irritierte. Noch einmal fragte er sich, ob er wirklich alles richtig gemacht hatte. Es kam ihm merkwürdig vor, dass er nicht wie sonst die OP-Kleidung ablegte, sich zufrieden im Spiegel zunickte und so schnell wie es nur ging, auf den Balkon strebte um seine Entspannungszigarette zu rauchen. Irgendetwas war anders als sonst. Er spürte es, konnte aber nicht sagen, was es war.

Als er sich noch einmal im Spiegel ansah, bemerkte er überdeutlich sein aufgedunsenes Gesicht und die Tränensäcke, die wie kleine, rote Polster unter beiden Augen hingen. Klar, er war nicht mehr der Jüngste. Der frühe Morgen war noch nie seine Stärke gewesen.

Frank spreizte die Finger und beobachtete die kleinen Bewegungen, die sie machten. Tatsächlich, sie zitterten wieder. Gestern schon, hatte ihn Olga die Anästhesistin, während der OP so merkwürdig angeschaut.

Ja, er wusste es ja selbst. Es war gestern wieder ziemlich spät geworden, sehr spät sogar. Nach der Kneipe hatte er sich noch zwei-drei Whiskys genehmigt und war völlig beduselt ins Bett gefallen. Dann hatte heute viel zu früh der Wecker geklingelt. Warum musste auch ausgerechnet er heute die Frühschicht übernehmen. Vielleicht wollte der Chef ihn abstrafen. Genau das war es. Es passte ihm nicht, dass er die letzte Zeit drei Mal gefehlt hatte. Und getauscht hatte er auch immer mal wieder, mit einer Kollegin, die gerne früher arbeitete und ihn dafür später eintrug.

In seinem morgendlichen Zustand fiel es ihm schwer, konzentriert zu operieren, das wusste er selbst. Er hatte auch immer mal wieder versucht, die abendlichen Treffen einzuschränken. Aber alleine in seiner Wohnung zu sitzen, vor der Kiste, das war ja auch nicht das flotte Leben.

Immerhin war er ein Könner am OP-Tisch, das hatten ihm schon viele gesagt. Allerdings die letzten Jahre auch nicht mehr.

Noch einmal sah er in den Spiegel. Nein, dachte er, die letzten Jahre hat mich keiner mehr einen Könner genannt. In den letzten Wochen waren auch die gegenseitigen Blicke der anderen Teams immer bedeutungsvoller geworden. Merkt ihr was, hatten die Blicke gefragt. Macht er heute alles richtig? Ist er gut drauf? Wahrscheinlich war auch die Frage dabei gewesen: Ist er heute nüchtern. Natürlich hatte er das alles bemerkt. Aber er war nüchtern. Er konnte operieren. Er hatte eine ruhige Hand. Wenn er am Patienten war, war alles in Ordnung.

Frank drehte sich weg vom Spiegel. Er gefiel sich nicht, heute Morgen. Mein Gott, dachte er, ich brauche jetzt erst mal eine Kippe.

Als er schon halb aus der Türe war, rief ihn Beate zurück.

„Frank, können Sie mal kommen"?

Auch das noch, dachte er, was will die denn von mir? Mir meine ohnehin zu kleine Pause verkürzen?

„Frank, mir fehlt eine kleine Zange. Ach was, diese ganz kleine. winzige Klemme. Du weißt schon. Ich habe alles abgesucht, ich finde sie nicht".

„Und was soll ich da tun"?

„Ich weiß auch nicht. Irgendwo muss sie ja sein. Bitte denken Sie auch darüber nach, wo sie sein könnte".

„Mach ich", rief er ihr zu und beeilte sich, auf den Balkon zu kommen.

Er musste allein sein, brauchte sein Nikotin. Hastig zog er eine Zigarette aus der Packung, zündete sie an und inhalierte tief. Er hatte doch etwas geahnt. Jetzt brauchte er einen Schluck. Nur einen ganz kleinen. Ist eh nicht mehr viel drin in diesem Fläschchen. Tat das gut. Jetzt konnte er nachdenken.

Wo war die Klemme geblieben? Wie im Lehrbuch verfolgte er den Verlauf der OP, Schritt für Schritt. Er fand nichts. Die musste Beate versemmelt haben. Irgendwo lag sie wahrscheinlich in einem Tuch, unter einer Abdeckung, in einem Abfallkorb. Sie wurde aus Versehen weggeschmissen.

Was weiß denn ich, wird er zu Beate sagen, das ist doch Ihre Aufgabe, das Besteck zusammenzuhalten. Ihm wurde heiß und er schluckte trocken. Wenn sich die Klemme nicht fand, würde der Patient geröntgt werden. Was dann? Wenn man sie im Bauchraum fand, was wurde dann aus ihm werden? Man wird sie nicht finden! So ein Fehler kam ihm nicht vor, auf keinen Fall.

Er nahm noch einen winzigen Schluck, den letzten, dann war das Fläschchen leer.

Das war jetzt eine kurze Pause gewesen. Ein letzter Zug und er drückte den Rest der Zigarette in den Aschenbecher.

Wird schon gut gehen, dachte er und ging langsam den Gang entlang, zurück in den Operationssaal.

# Schweigen

Als die Referentin aufstand, um an der Videowand die Verkaufs-
zahlen zu analysieren, verstand Kevin Kline, der Geschäftsführer von
BigAndGreat kein Wort. Sie schien in einer völlig anderen Sprache zu
sprechen. Kline blickte etwas beunruhigt aus dem Fenster hinüber
zur Skyline von Manhattan und überlegte, ob in seinem Kopf irgend
Etwas unerklärliches passiert war.

Zur selben Zeit forderte die Lehrerin Marie Martin den Jungen
Mathieu aus der zehnten Klasse auf, an der Tafel eine mathemati-
sche Formel zu erklären. Doch Mademoiselle Martin verstand kein
Wort von dem, was der Schüler sagte. Sie schaute irritiert aus dem
Fenster zu dem Obelisk auf dem Place de Concorde und fragte sich,
ob sie in diesem Moment so etwas wie einen Gehörsturz bekommen hatte.

Über tausend Kilometer östlich, hatte sich zur selben Zeit der
Droschkenfahrer Killian Kaiser an den Mittagstisch gesetzt, als seine
Frau ins Esszimmer hereinkam. Sie erzählte ihm vom Anruf ihrer
Eltern, doch er konnte trotz größter Bemühungen kein Wort von dem
verstehen, was sie sagte. Sie schien in einer völlig anderen, für ihn
unbekannten Sprache zu sprechen. Er nickte aus Verlegenheit nur
mit dem Kopf und begann zu essen.

Ein Jahr hatte Signorina Paola Polente darauf gewartet, dass ihr
Verlobter ihr endlich einen Heiratsantrag machen würde. Jetzt, wo
er sich dazu durchgerungen hatte, verstand sie von seinen Liebes-
schwüren kein einziges Wort. Verliebt wie sie war, ignorierte sie
diese Unverständlichkeit, setzte ihr entzückendes Lächeln auf und
schaute verträumt hinunter auf den Golf von Salerno.

Das war zu der Zeit, als Wladimir Wolkov kein Wort von dem, was
der Polizist ihm auf dem Roten Platz befohlen hatte, verstand. Der
junge Mann protestierte heftig und wurde handgreiflich. Die Polizei
führte ihn schließlich ab.

Und Cheng Cen Lu konnte im Museum mit der berühmten Terrakotta Armee dem Aufsichtspersonal nicht zu verstehen geben, dass er dringend auf die Toilette müsste. Sie verstanden ihn nicht und warfen ihn kurzerhand aus dem Museum.

Dem Fahrkartenverkäufer Ole Sigurdsson gelang es nicht den Reisewunsch seines Gegenübers zu erfüllen. Er konnte dessen Worte einfach nicht verstehen und schickte ihn zur Touristeninformation. Die Grafikerin Shakira Salasar war zur selben Zeit völlig aufgelöst. Sie verstand die Ideen und Wünsche ihres Kunden nicht mehr. Sie redeten aneinander vorbei und es kam zu keiner Auftragserteilung.

Am Dorfbrunnen konnte Simbabwe Soyinka aus unerklärlichen Gründen die Gespräche der Wäscherinnen nicht mehr verfolgen. Sie verstand die einzelnen Worte nicht mehr und ging frustriert zu ihrer Strohhütte zurück.

Der Bergbauer Arvid Alvarez verabschiedete sich wie jeden Morgen von seiner Frau, um die Lamas auf die hochgelegenen Weide zu bringen. Er konnte ihre Abschiedsworte nicht verstehen und machte sich verunsichert und kopfschüttelnd auf den Weg in die Berge.

Mister Cameron Collard versuchte noch den aufgeregten Zurufen der Viehzüchter zu folgen. Doch er konnte sie nicht wirklich verstehen und so ergriffen die Kängurus die Flucht durch das offene Weidegatter.

Zur selben Zeit, tausende Kilometer entfernt, verstanden die Gläubigen im Kölner Dom die Predigt des Bischofs nicht mehr. Seine Sprache war ihnen völlig fremd. Irritiert verließen sie das Gotteshaus.

Die letzte Wahlveranstaltung des amtierenden Premier Hezron Herzog war ein Desaster. Alle Zuhörer verließen empört den Versammlungsraum, weil der Kandidat urplötzlich in einer seltsam klingenden Sprache seine Visionen verbreitete.

Die Fußballmannschaft von São Paulo verlor ihr Spiel Null zu Fünfzehn. Mitten im Spiel war keine Kommunikation mehr möglich gewesen, weil keiner mehr die Sprache des anderen verstand.

Die Welt kam in Aufruhr. Niemand verstand mehr seinen Nachbarn, seinen Freund oder Feind. Die Verwandten schienen nicht mehr verwandt zu sein. Es existierte kein Gemeinsames mehr, weil niemand mehr sich zu solch einer Absicht bekennen konnte. Es war ein weltweites Phänomen, das in die Zivilisation der Menschen eingebrochen war. Wie ein Virus hatte es die verschiedenen Sprachen der Völker besetzt. Niemand, kein Land, keine Sprache konnte sich retten. Nicht einmal die Savannenvölker oder die abgeschieden lebenden Völker in den endlosen Urwäldern Südamerikas blieben verschont. Anfangs glaubten die Mächtigen noch, man könne sich mit Hilfe einer für alle autorisierten Sprachvereinbarung verständigen. Dies war erfolglos, da keine allgemein gültige Kommunikationsform gefunden werden konnte. Kluge Köpfe, Sprachforscher und Anthropologen versuchten die unbekannten Töne, die die Menschen ausstießen zu ordnen und zu qualifizieren. Sie forschten nach Vokalen, Konsonanten, nach irgendwelchen rhythmischen, wiederkehrenden Lauten und Lautähnlichkeiten. Doch ihre Gelehrsamkeit brachte keinen Nutzen. Sie alle scheiterten. Es scheiterten auch alle Politiker, Religionsführer und andere einflussreiche Staatsbürger, weil keiner von ihnen in der Lage war, sich so zu artikulieren, dass jemand sie verstehen konnte. Nur das Militär konnte sich verständlich ausdrücken. Es drohte, wie schon oft in der Vergangenheit, unmissverständlich mit ihren Waffen. Eine Sprache, die die Menschen in allen Erdteilen verstanden.

Die Welt geriet außer Rand und Band. Anarchie machte sich über die Kultur- und Landesgrenzen hinaus breit. Doch eigentlich gab es überhaupt keine Grenzen mehr, weil niemand mehr in der Lage war sie einzufordern. Araber, Zionisten, Christen, islamistische Kämpfer und auch die buddhistische Welt versuchte nahezu ungebremst ihren Machtanspruch mit allen Mitteln durchzusetzen. Die unterschiedlichsten Gesellschaftssysteme wie der Kapitalismus, der Kommunismus und auch die Königshäuser und Diktaturen standen sich in ihrem Anspruch auf Absolutheit in nichts nach.

Nach einer gewissen Zeit kam es zu einer Art Neuordnung zwischen den politischen und religiösen Mächten, deren auffälligstes Merkmal die Unordnung, das Caos war. Die Länder, die sich die Weltmeere und fruchtbaren Landstriche teilten, traten in einen unbarmherzigen Konkurrenzkampf ein, bei dem es keine Sieger mehr gab. Von außen betrachtet, war dies das einzige Positive in dieser unwirklichen Zeit. Insgesamt betrachtet, drohte die Welt mit ihren Bewohnern aus den Fugen zu geraten. Das war keine Übertreibung. Die Tier- und Pflanzenwelt wurde von nun an unkontrolliert und ohne Rücksicht ausgebeutet. Niemand fand sich noch dafür verantwortlich, die Natur und was dazu gehört, vor der Spezies Mensch zu schützen. In den Köpfen der Menschen machte sich so etwas wie Untergangsstimmung breit. Die Apokalypse schien auf dem Weg zu sein, sich zu erfüllen. Nach einigen Monaten war der Planet Erde nicht wiederzuerkennen. Überall stank es nach fauligen Abwässer und verwesten Tieren. Die Straßen waren übersät von Abfall und illegal angelegten Mülldeponien. Dass diese furchtbaren Umstände gefährlichen Seuchen und Epidemien den Weg freimachten, war nicht weiter verwunderlich. Man muss es hier nicht im Einzelnen schildern. Es gibt genügend Filme, in denen solche Horrorszenarien dargestellt wurden. Der Unterschied war nur der, dass es sich hier nicht um verfilmte Drehbücher handelte, sondern um eine real eingetretene Situation, die die Welt an den Abgrund brachte.

Eine Lösung, eine Weltenlösung musste endlich her, wollte mal den Untergang der menschlichen Rasse nicht riskieren. Noch ein letztes Mal trafen sich die bedeutendsten Anthropologen, Sprachwissenschaftler und Philosophen, vom Militär argwöhnisch beobachtet und streng bewacht. Auf dem damals höchsten Gebäude, dem Burj Khalifa in Dubai, richtete man im obersten Stockwerk mehrere Räume her. Sie wurden von außen versiegelt und bewacht. Niemand sollte in das Gebäude eindringen oder es verlassen können, bevor nicht ein erfolgversprechendes Ergebnis für die aus den Fugen geratene Welt gefunden war. Man hatte bewusst dieses Hochhaus gewählt, sollte der Ort doch suggerieren, dass man von dort oben den besten Überblick über die Welt hätte. Nach mehreren Tagen fanden die Spezialisten eine vorläufige Lösung des Sprachproblems: Man entschied sich, auf die Sprache mi ihren Lauten zu verzichten. Lediglich eine Art Zeichensprache, die an der Taubstummensprache angelegt war, durfte noch verwendet werden. Ansonsten verlief die gesamte Verständigung unter den Menschen nur noch schriftlich oder auf digitalem Weg. Alle früheren Verträge, Gesetze und Vereinbarungen blieben unter diesen neuen Regeln bestehen, beziehungsweise wurden darauf abgestimmt. Sollte die Wissenschaft irgendwann das Problem verstehen lernen und zu einer neuen Lösung kommen, könnte man ja nochmals Korrekturen veranlassen. Die Option, zu gegebener Zeit wieder eine oder mehrere Sprachen einzuführen oder zuzulassen, wurde ausdrücklich festgeschrieben.

Die Menschheit hatte ihre Sprache, ihre Stimme verloren - für immer! Doch sehr schnell hatten sich die Menschen an diese neuen Regeln der Kommunikation gewöhnt. Mediziner stellten schon nach drei Generationen eine Rückbildung des menschlichen Kehlkopfes fest. Weitere zwei Generationen später vermisste niemand mehr die Sprache. Die Welt hatte sie vergessen. Nur in einigen wenigen anthropologischen Museen und ausgewählten Bibliotheken konnte man ihre Spuren noch finden. Bedeutende Filme und Hörbücher hatten dort ihr letztes Zuhause gefunden. Vielleicht war die Welt nicht mehr so bunt und lebendig wie früher, aber sie existierte weiter. Bis auf eine kleine Ausnahme: Es gab zwar noch Literatur, aber Lesungen gab es natürlich keine mehr.

# Sprachlos

Ina versuchte ihren kleinen Koffer in der Gepäckablage über ihrem Sitzplatz zu verstauen. Wieder ein zu schmales Bord, dachte sie, wie immer und gab auf. Der Sitz neben ihr war frei und das Köfferchen passte perfekt in die Lücke. Hoffentlich kam nicht in letzter Minute noch ein Fahrgast oder auch eine Gästin angesaust. Dies allerdings nicht nur wegen des Gepäcks. Ina brauchte Ruhe. Dringend. Die letzten Tage waren so unglaublich anstrengend gewesen. Diese Intensität auf der Buchmesse, so hatte sie es sich nicht vorgestellt. Puh, jetzt hatte sie es hinter sich. Genüsslich ließ sie sich ins Polster sinken. Drei Tage hatte sie am Stand ihres Verlages Kundinnen und Kunden und natürlich auch Autor*innen aller Altersstufen gesprochen und informiert. Der heutige, letzte Tag, der Verkaufstag für die aufgestapelten Bücher war besonders stressig gewesen. Da ging es Schlag auf Schlag. Beraten, verkaufen, kassieren, manchmal sogar verpacken. Und wieviel sie geredet hatte in diesen drei Tagen! So viel sprach sie sonst nicht in einem Monat.

Das Abteil füllte sich. Waren doch nicht alle Besucher der Leipziger Buchmesse schon am Vormittag abgereist. Sie sah auf ihre Uhr. Die Abfahrtszeit war schon einige Minuten vorbei. Hoffentlich bekam sie ihren Anschlusszug in Kassel noch.

Über dem Gang war der Viererplatz noch frei. Er war reserviert und da kamen sie auch schon eilig an, die Fahrgäste für gegenüber: Ein Ehepaar mit Kind. Ihre Koffer hatten sie wohl schon vorne am Einstieg verstaut. Es dauerte, bis der Mann und die Frau den ihnen passenden Platz ausgewählt hatten. Der Vater, wenn er es denn war, griff dem Kind, es war ein etwa fünf Jahre alter Junge, unter die dünnen Arme und setzte es unsanft auf den Fensterplatz. „Du bleibst hier sitzen", hörte Ina ihn drohend sagen, „und rührst dich nicht von der Stelle". Das hörte sich ja nicht gut an. Ina versuchte, die Frau im Blick zu behalten. Sie entschied sich, nach einigem Hin und Her für den Platz neben dem Jungen. Das war keine Mutter wie aus dem Bilderbuch, die Pfannkuchen backte und abends Geschichten vorlas. Ina erschrak, als sie sie genauer betrachtete. Sie war dick geschminkt, vielfarbig übermalt und mit Schmuck behängt. Ihre Schlankheit betonte sie durch elegante, schmale Kleidung und Schuhe, die sie zwanzig Zentimeter größer erscheinen ließen.

„Finger weg!", hörte Ina den Mann zum wiederholten Mal sagen und sah, wie er sich zu dem Kind hinüberbeugte. „Ich sage es nicht noch einmal". Der Junge rutschte mit ängstlichem Gesicht tiefer in den Sitz hinein. Kein Ton kam über seine Lippen.

Dann nahm der Mann eine kleine Transportbox vom Boden hoch, die Ina noch gar nicht bemerkt hatte. Er stellte sie sich auf die Knie, öffnete sie und sah lächelnd hinein. Dann lockte er mit liebevollen, hohen Tönen das Tier, das sich darin befand. Ina streckte den Hals. Was war in der Box? Was würde zum Vorschein kommen? Ein leiser, dunkler Ton war zu hören und sie sah eine kleine, sehr kleine Hundeschnauze aus der Öffnung spitzen. Dann kam ein winziges, weißes Knäuel von Hund zum Vorschein.

Ina war weder Hundebesitzerin noch erklärte Liebhaberin dieser Tiere. Und doch dachte sie beim Anblick dieses winzigen Wesens, und sie hätte es fast laut von sich gegeben: Oh, wie süß!

Süß, das war es allerdings, dieses Knäuel auf vier Pfoten. Nina hatte erwartet, dass der Vater nun dem Jungen das Hündchen reichen würde. Aber Pustekuchen! Das Kind hatte interessiert den Hals gestreckt und sich leicht vorgebeugt. „Finger weg, sage ich dir", knurrte der Vater und reichte das Hündchen liebevoll lächelnd seiner Frau hinüber. Diese hatte aus ihrer Tasche ein kleines Tuch gezogen, es über ihre Knie gebreitet und setzte das Tier behutsam und mit liebevollem Blick, vor sich nieder. Dann, als auch die Box verstaut war, kümmerten sich die beiden Eltern um ihren kleinen Schoßhund. Es war ein Ah und Oh, ein Schau und Bleib und ein Geschmuse vom Gib Küsschen bis zum Hineinkuscheln des Gesichtes in die strahlend weiße, flauschige Pracht des kleinen Fells.

Ina versuchte, ihr Interesse an dem Schauspiel nicht allzu sehr zu zeigen. Sie sah kurz aus dem Fenster oder in ihr Buch, wurde aber doch immer wieder von diesem Geschmuse über dem Gang angezogen. Der kleine Junge saß bei alledem auf seinem Platz mit zwischen den Knien gefalteten Händen. Kein Buch, kein Blick, nicht ein Wort galten ihm. Die Mutter kümmerte sich einfach nicht um ihn. Für sie schien er nicht vorhanden. Der Vater gab hin und wieder ein kurzes Kommando wie: „Sitz gerade", „Bleib aufrecht", „Finger weg von Sassa", „Halt die Beine still, sonst...", „Schlaf nicht ein". Vor allem dieser Befehl bekam durch die scharfe Betonung des Vokals etwas sehr Drohendes. Der Junge saß still und gab keinerlei Antwort, versuchte jedoch, den Anforderungen nachzukommen. Ina sah, wie ihm die Lider nach unten sanken und er auf den harten Befehl hin seine Augen weit aufriss. Sie überlegte, ob sie etwas zu dieser Situation beitragen sollte, entschied sich jedoch dagegen. Es wäre nichts Gutes dabei herausgekommen. Auch als sie beschloss, einfach nicht mehr zu dieser widerlichen Gruppe hinüberzusehen, hörte sie doch die süßen Schmeicheleien, die das Hündchen pausenlos umwehten. Auch die unsinnigen Befehle, die den Jungen auf seinem Platz hielten, nahmen kein Ende.

Das halte ich nicht aus, dachte sie. Drei Tage Buchmesse, mit einem Lärm ohne Ende, meine blanken Nerven und jetzt noch das! Sie packte Tasche und Koffer, überließ das Familienidyll seinem Schicksal und verschwand Richtung Abteile. Kurz vor dem nächsten Halt fand sie tatsächlich ein freies Abteil. Die beiden Plätze am Gang waren reserviert, der Rest war frei. Sie richtete sich am Fenster in Fahrtrichtung ein. Bitte, Schicksal, dachte sie, und nahm das neu gekaufte Buch aus der Tasche, schick mir nicht noch einmal Hundebesitzer mit Kind.

In Erfurt zog eine junge Frau die Türe auf und zeigte freundlich lächelnd auf die zwei Plätze am Gang. Auch Ina zwang sich zu einem Lächeln und nickte. Die Frau und ihr Begleiter verstauten in aller Ruhe ihr Gepäck, legten die Mäntel ab und setzten sich. Nachdem Ina durch einen kurzen Blick festgestellt hatte, dass weder Transportbox noch Kind in Sicht waren, hatte sie die beiden nicht weiter beachtet und in ihrem Buch geblättert.

Nach einiger Zeit war Ina allerdings etwas irritiert. Von den Mitreisenden hatte sie noch kein Wort vernommen. Immerhin waren sie zu zweit eingestiegen und gehörten offensichtlich zusammen. Was machten die beiden denn? Waren sie so zerstritten, dass sie kein Wort miteinander wechselten? Merkwürdig.

Die Landschaft vor dem Fenster war jetzt im frühen Frühjahr noch ziemlich spröde. Dennoch zeigten sich schon einige grüne Flächen. Es gelang Ina nicht recht, im spiegelnden Fenster die Mitreisenden auszumachen. Sie hatte den Eindruck, dass die beiden auch jeweils in einem Buch lasen. Immerhin hörte sie das Knistern von Papier. Aber wenn die beiden auch lasen, hatten sie sich denn gar nichts zu sagen? Ina versuchte, aus den Augenwinkeln die beiden stillen Menschen zu erfassen. Und da sah sie es, die beiden waren nicht zerstritten, keineswegs. Sie lasen tatsächlich, sie in einem Buch, er auf dem Smartphon. Dabei unterhielten sie sich lebhaft, allerdings in einer Sprache, die Ina nicht verstand.

Wie schön, dachte sie, dass es auch Menschen gab, die miteinander sprechen konnten, ohne Lärm zu machen. Welch eine Ruhe lag hier im Raum. Nach so viel Hektik auf der Messe und nach dem letzten Erlebnis im Großraumwagen, war Ina unendlich dankbar dafür.

Sie bewunderte die beiden, dass sie etwas konnten, was ihr verwehrt war. Kein Wort, keine Gebärde konnte sie verstehen. Diese Sprache hatte man ihr nicht beigebracht. Schade, sie hätte gerne gewusst, um was ihr Gespräch sich drehte.

Dann jedoch schämte sie sich. Wie konnte sie nur! Natürlich hätte sie den beiden gewünscht, alles hören zu können. Es gab nicht nur schlimme Eltern und schier unerträglichen Lärm, es gab auch die Vögel am Morgen und die Wellen am Strand und das Sausen des Windes in den Bäumen und es gab die Musik. Ja, sie wünschte ihnen, all das zu verstehen, was die Welt zu sagen hatte.

Als die beiden in Stuttgart das Abteil verließen, lächelte Ina ihnen herzlich zum Abschied zu und schickte ihnen stumm ein liebevolles: Danke, für diese stillen Stunden mit euch, hinterher.

## Dietmar H. Herzog

Geboren in Reutlingen/Baden Württemberg
Kunststudium an der Kunstakademie Stuttgart
Meisterschüler
Kontinuierliche Ausstellungstätigkeit in Museen, Galerien und
Kunstmessen

Seit 2010 freischaffender Literat
Veröffentlichung eines Gedichtbandes, mehrerer Kunstbücher,
Bildbände, Erzählungen und Kurzgeschichten
Einladung zur Buchmesse Wien
Lesungen auf youtube, diversen Kulturveranstaltungen und bei
Kunstvernissagen
Mitglied bei VG Wort, den Ulmer Autoren und mehreren Kunstvereinen
www.dietmar-h-herzog.de

## Adi Hübel

Geboren und aufgewachsen im Allgäu. Studien in Reutlingen und
München. Gründung und Leitung eines kleinen Theaters und eines
Kindertheaters in Ulm. Mehrjährige Tätigkeit als Pädagogin, Theater-
leiterin und Dozentin für Literatur. Freischaffende Autorin für Lyrik,
Kurzgeschichten, Romane und Kriminalromane.

Veröffentlichung mehrerer Gedichtbände, Romane, Kriminalromane,
Theaterstücke und Kurzgeschichten. Anerkennung bei Schreibwett-
bewerben. Lesungen auf youtube, Krimi-Hörbuch, Lyrik-CD. Mitglied
bei VS, Ulmer Autoren, Mörderische Schwestern.
(Werkverzeichnis unter www.adihuebel.de)